一冊で読む
日本の現代詩
200

200 POSTWAR
JAPANESE POEMS
IN ONE BOOK.

編著
西原大輔

笠間書院

はしがき

令和も六年となった現在、わたしたちは、現代詩の全体像を俯瞰し、集成すべき時期を迎えています。現代詩の出発を、仮に敗戦の一九四五（昭和二十）年とすると、それからすでに八十年近い歳月が流れました。現代詩はもはや歴史の一部分になったと言って良いでしょう。

本書は、第二次世界大戦が終結した昭和二十年から、昭和末年の一九八九（昭和六十四）年までに活躍を始めた詩人五十八人のアンソロジーです。著名な作品二百篇を収めました。『一冊で読む日本の近代詩500』（二〇二三年）の姉妹編でもあります。昭和戦後期から平成初期までの作品が中心です。

詩篇の選択には、最後まで迷い続けました。現代詩は、まだ評価が流動的な一面があります。現時点での最大公約数を意識しつつ、多様な作品を収録しました。暗喩を駆使した難易度の高い詩から、児童を読者に想定した素朴な詩まで幅広く取り上げ、好みの異なる読者に満足していただけるよう努めました。

詩と詩人の評価の変遷は、まるで株式市場のようです。一時は爆発的に注目されたものの、その後急速に忘れ去られたバブル的な詩人がいます。また、金子みすゞのように、かつてはほとんど知られていなかった人物が、後年突然脚光を浴びることがあります。あるいは、在世中から高評価を得て、没後も地位が揺るがない安定した大詩人も存在します。

本書で取り上げた二百篇も、将来の文学史マーケット上の動きは予測できません。二十年後や百年後の読者の目に、『一冊で読む日本の現代詩２００』がどのように映るのか、編著者の私自身、興味津々です。

研究者として、詩の実作者として、私が一番気がかりなのは、近現代詩の市場自体が縮小しつつあることです。読者は少なく、社会的関心も集まらず、学者も多くはありません。本書が少しなりとも状況の改善に資することができれば幸いです。

未来に残すべき作品を選び、これを一冊にまとめる仕事は、新たな「古典」を生み出してゆく能動的な行為でもあります。今回、自らの手でこのような企画を実行できることを、私は心から嬉しく思います。詩は、本書のようなアンソロジーに繰り返し転載されることで、名作としての評価が固まり、確固たる古典として定着することでしょう。

読者は、新しい古典を生み出す参加者でもあります。本書が皆様の机辺に備えられ、繰り返しひもとかれることを、私は心から願ってやみません。

CONTENTS

もくじ

はしがき …… 2

原民喜 ——（一九〇五—一九五一）
コレガ人間ナノデス …… 14
ギラギラノ破片ヤ …… 14
水ヲ下サイ …… 15
永遠のみどり …… 16
碑銘 …… 16

永瀬清子 ——（一九〇六—一九九五）
諸国の天女 …… 17
だまして下さい言葉やさしく …… 18
美しい国 …… 18
踊りの輪 …… 19
あけがたにくる人よ …… 20

真壁仁 ——（一九〇七—一九八四）
峠 …… 21

坂村真民 ——（一九〇九—二〇〇六）
念ずれば花ひらく …… 22
二度とない人生だから …… 23

天野忠 ——（一九〇九—一九九三）
米 …… 25
あーあ …… 25
動物園の珍しい動物 …… 26
しずかな夫婦 …… 26
極楽 …… 28

まど・みちお ——（一九〇九—二〇一四）
ぼくが　ここに …… 29

菅原克己 ——（一九一一—一九八八）
ブラザー軒 …… 30
マクシム …… 31

栗原貞子 ——（一九一三—二〇〇五）
生ましめん哉 …… 32

大木実 ——（一九一三—一九九六）

屋根……33
朝……34
猿蟹合戦……34
おさなご……35
月夜……35
前へ……36
妻……37

会田綱雄――（一九一四―一九九〇）

伝説……37
鴨……39

高田敏子――（一九一四―一九八九）

橋……40
海……40
忘れもの……41
布良海岸……42
主婦の手……42
藤の花……43
別の名……43
むらさきの花……44
小さな靴……45

木下夕爾――（一九一四―一九六五）

晩夏……46
夜学生……47
ひばりのす……47

崔華國――（一九一五―一九九七）

洛東江……48
作品考……49
もう一つの故郷……49
不安……50

石原吉郎――（一九一五―一九七七）

位置……51
葬式列車……52
脱走……53
自転車にのるクラリモンド……55
居直りりんご……56
木のあいさつ……56
フェルナンデス……57

峠三吉――（一九一七―一九五三）

序……58
仮繃帯所にて……58

安西均――（一九一八―一九九四）

新古今集断想……60
花の店……60
滝口雅子――（一九一八―二〇〇二）
男について……61
黒田三郎――（一九一九―一九八〇）
それは……62
もはやそれ以上……63
僕はまるでちがつて……64
賭け……64
そこにひとつの席が……66
夕方の三十分……67
秋の日の午後三時……68
紙風船……69
海……69
死のなかに……70
ある日ある時……72
吉岡実――（一九一九―一九九〇）
静物……72
宗左近――（一九一九―二〇〇六）
炎える母……73

中桐雅夫――（一九一九―一九八三）
ちいさな遺書……75
日課……76
会社の人事……76
関根弘――（一九二〇―一九九四）
なんでも一番……77
女の自尊心にこうして勝つ……78
レインコートを失くす……79
この部屋を出てゆく……80
石垣りん――（一九二〇―二〇〇四）
私の前にある鍋とお釜と燃える火と……81
屋根……82
用意……83
シジミ……84
表札……85
くらし……86
幻の花……86
崖……87
貧しい町……88
儀式……89
定年……90

空をかついで……91
洗剤のある風景……91

鮎川信夫――(一九二〇―一九八六)
死んだ男……92
繋船ホテルの朝の歌……93
橋上の人……95
小さいマリの歌……97
神の兵士……99

三好豊一郎――(一九二〇―一九九二)
囚人……101

木原孝一――(一九二二―一九七九)
鎮魂歌……101

秋谷豊――(一九二二―二〇〇八)
ハーケンの歌……104
登攀……104
クレバスに消えた女性隊員……105

田村隆一――(一九二三―一九九八)
四千の日と夜……107
帰途……108

見えない木……109
木……110

谷川雁――(一九二三―一九九五)
東京へゆくな……111

吉本隆明――(一九二四―二〇一二)
ちひさな群への挨拶……112
佃渡しで……114

阪田寛夫――(一九二五―二〇〇五)
練習問題……115

山本太郎――(一九二五―一九八八)
生れた子に……116
散歩の唄……116

吉野弘――(一九二六―二〇一四)
奈々子に……117
初めての児に……119
I was born……120
夕焼け……121
石仏……123
虹の足……123

生命は……124
祝婚歌……125

黒田喜夫――（一九二六―一九八四）

空想のゲリラ……126
毒虫飼育……128

茨木のり子――（一九二六―二〇〇六）

根府川の海……130
もっと強く……131
六月……133
わたしが一番きれいだったとき……133
小さな娘が思ったこと……134
花の名……135
汲む……138
自分の感受性くらい……140
青梅街道……140
木の実……142
答……143
倚りかからず……144
水の星……144

中村稔――（一九二七― ）

凧……146

高野喜久雄――（一九二七―二〇〇六）

独楽……146
鏡……147

長谷川龍生――（一九二八―二〇一九）

パウロウの鶴……147
理髪店にて……149

牟礼慶子――（一九二九―二〇一二）

見えない季節……150

新川和江――（一九二九―二〇二四）

わたしを束ねないで……151
ふゆのさくら……152
名づけられた葉……153
歌……153
土へのオード1……154
水……155

川崎洋――（一九三〇―二〇〇四）

はくちょう……156
どうかして……157

飯島耕一――（一九三〇―二〇一三）
他人の空……158
わが母音……159
母国語……160
大岡信――（一九三一―二〇一七）
うたのように3……161
地名論……162
安水稔和――（一九三一―二〇二二）
君はかわいいと……163
鳥［鳥が夢をみた。］……164
入沢康夫――（一九三一―二〇一八）
未確認飛行物体……165
谷川俊太郎――（一九三一―　）
かなしみ……165
はる……166
二十億光年の孤独……166
ネロ……167
41［空の青さを］……169
62［世界が私を］……169
愛……170
朝のリレー……171
生きる……172
ののはな……173
かっぱ……173
いるか……174
芝生……174
おならうた……175
さようなら……175
吉原幸子――（一九三二―二〇〇二）
無題……176
喪失ではなく……177
初恋……178
あたらしいいのちに……179
Jに［身をのり出して］……180
パンの話……180
オンディーヌI……181
発車……182
高良留美子――（一九三二―二〇二一）
海鳴り……183
木……183

青木はるみ――――（一九三三―二〇二二）
傷……184
三木卓――――（一九三五―二〇二三）
スープの煮えるまで……186
客人来たりぬ……187
系図……189
富岡多恵子――――（一九三五―二〇二三）
身上話……190
工藤直子――――（一九三五― ）
てつがくのライオン……192
あいたくて……193
寺山修司――――（一九三五―一九八三）
幸福が遠すぎたら……194
吉増剛造――――（一九三九― ）
朝狂って……195
燃える……196
藤井貞和――――（一九四二― ）
あけがたには……196
荒川洋治――――（一九四九― ）
見附のみどりに……197
美代子、石を投げなさい……198
井坂洋子――――（一九四九― ）
朝礼……201
制服……202
伊藤比呂美――――（一九五五― ）
歪ませないように……202
きっと便器なんだろう……204
悪いおっぱい……206
あとがき……208
テーマ索引……224
題名索引……227
作者名索引……229

凡例

一、一九四五（昭和二十）年の敗戦以降に活躍しはじめた詩人五十八人を取り上げた。詩人の選択にあたっては、敗戦後に第一詩集を出版していることを基準とした。ただし、永瀬清子・天野忠・大木実などの例外がある。

二、作品は、詩人の生年順に配列した。同一詩人の作品は詩集の刊行順に、同一詩集の作品は詩集の掲載順に並べた。

三、旧字は新字に改めた。旧仮名遣いはそのままとした。

四、ルビは、旧仮名遣いの作品でも新仮名遣いを用いた。詩の題名のルビも同様である。

五、作品本文は出典を最大限尊重したが、明らかな誤りは訂正した。なお、新川和江「わたしを束ねないで」のみは、詩人本人の希望により第三行目を加筆した。

六、作品本文および出典情報は、全て原典及び初出文献・再録文献にあたり、情報の正確さを期した。原典にあたることができなかった文献には、「現物未確認」と明記した。

一冊で読む日本の現代詩200

原《はら》民《たみ》喜《き》

（一九〇五―一九五一）

コレガ人間《にんげん》ナノデス

コレガ人間ナノデス
原子爆弾ニ依《よ》ル変化ヲゴラン下サイ
肉体ガ恐ロシク膨脹シ
男モ女モスベテ一ツノ型ニカヘル
オオ　ソノ真黒焦《まっくろこ》ゲノ滅茶苦茶ノ
爛《ただ》レタ顔ノムクンダ唇《くちびる》カラ洩《も》レテ来ル声ハ
「助ケテ下サイ」
ト　カ細《ぼそ》イ　静カナ言葉
コレガ　コレガ人間ナノデス
人間ノ顔ナノデス

メモ　原爆時、原民喜は広島の実家の便所におり、表面的な怪我を免れた。読者に悲惨な実態を伝えたいという思いが、「ゴラン下サイ」「ナノデス」からうかがえる。
出典　『原民喜詩集』細川書店、一九五一（昭和二十六）年七月。初出は『近代文学』第三巻第九号、一九四八（昭和二十三）年九月。特集「我々は戦争をかく見る」、随筆「戦争について」の冒頭に掲載。

ギラギラノ破片《はへん》ヤ

ギラギラノ破片ヤ
灰白色《かいはくしょく》ノ燃エガラガ
ヒロビロトシタ　パノラマノヤウニ
アカクヤケタダレタ　ニンゲンノ死体ノキメウナリ
　ズム
スベテアツタコトカ　アリエタコトナノカ
パツト剝《は》ギトツテシマツタ　アトノセカイ
テンプクシタ電車ノワキノ
馬ノ胴ナンカノ　フクラミカタハ
プスプストケムル電線ノニホヒ

メモ　八月八日の広島を描いた詩。馬車で廿日市に避難する際の光景。小説「夏の花」に同様の記述が見られる。「超現実派の画の世界ではないかと思える」とある。
出典　『原民喜詩集』細川書店、一九五一（昭和二十六）年七月。初出は『三田文学』第二十一巻第二号、一九四

七（昭和二十二）年六月。小説「夏の花」の一部分として掲載。

水《みず》ヲ下《くだ》サイ

水ヲ下サイ
アア　水ヲ下サイ
ノマシテ下サイ
死ンダハウガ　マシデ
死ンダハウガ
アア
タスケテ　タスケテ
水ヲ
水ヲ
ドウカ
ドナタカ
　オーオーオーオー
　オーオーオーオー
天ガ裂ケ

街ガ無クナリ
川ガ
ナガレテヰル
　オーオーオーオー
　オーオーオーオー

夜ガクル
夜ガクル
ヒカラビタ眼ニ
タダレタ唇《くちびる》ニ
ヒリヒリ灼《や》ケテ
フラフラノ
コノ　メチヤクチヤノ
顔ノ
ニンゲンノウメキ
ニンゲンノ

メモ　原民喜自身が目撃した原爆地獄絵図。政治的主張を盛り込まず、ありのままの現実を描写している。「原爆被災時のノート」、小説「夏の花」に関連記述がある。

出典　『原民喜詩集』細川書店、一九五一（昭和二十六）

年七月。初出は『三田文学』復刊第三号、一九五一年七月。小説「永遠のみどり」の一部として掲載。

永遠《とわ》のみどり

ヒロシマのデルタに
若葉うづまけ

死と焔《ほのお》の記憶に
よき祈《いのり》よ　こもれ

とはのみどりを
とはのみどりを

ヒロシマのデルタに
青葉したたれ

メモ　広島復興を願った詩。命令形で強い願望を表現した。ワシントン・ポスト紙八月八日号の表現「七十五年は草木も生えぬ」の国内流布を受けた作品と推測される。
出典　『原民喜詩集』細川書店、一九五一（昭和二十六）年七月。初出は『中国新聞』一九五一年三月十五日。

碑銘《ひめい》

遠き日の石に刻み
　砂に影おち
崩れ墜《お》つ　天地のまなか
一輪の花の幻

メモ　象徴表現による原爆詩。原爆ドーム南側に詩碑が実在する。「花の幻」は、妻貞恵が見た夢。亡妻への思いも託されている。小説「美しき死の岸に」参照。
出典　『原民喜詩集』細川書店、一九五一（昭和二十六）年七月。初出は『歴程』第三十五号、一九五一年二月。再録は『近代文学』第六巻第四号、一九五一年四月。一九五〇（昭和二十五）年十二月二十三日付長光太（ちょう・こうた）宛書簡にこの詩が記載されている。

永瀬清子《ながせきよこ》

（一九〇六―一九九五）

諸国《しょこく》の天女《てんにょ》

諸国の天女は漁夫《ぎょふ》や猟人を夫《おっと》として
いつも忘れ得ず想《おも》つてゐる。
底なき天を翔《か》けた日を

人の世のたつきのあはれないとなみ
やすむ間《ま》なきあした夕べに
わが忘れぬ喜びを人は知らない。
井の水を汲めばその中に
天のひかりが映つてゐる。
花咲けば花の中に
かの日の天の着物がみえる。
雨と風とがさゝやくあこがれ
我が子に唄《うた》へばそらんじて
何を意味するとか思ふのだらう。

せめてぬるめる春の波間に
或《あ》る日はかづきつなげかへば
涙はからき潮にまじり

空ははるかに金のひかり

あゝ遠い山々をすぎゆく雲に
わが分身ののりゆく姿
さあれかの水蒸気みどりの方へ
いつの日か去る日もあらば
いかに嘆かんわが人々は

きづなは地にあこがれは空に
うつくしい樹木にみちた岸辺や谷間で
いつか年月のまにまに
冬すぎ春来て諸国の天女も老いる

メモ　旧家の伝統と村の共同体に縛られている女性詩人が、自由奔放に生きたい願望を語った詩。自分を高貴な天女に見立てる一方、夫は漁師や猟師になぞらえた。

出典　『諸国の天女』河出書房、一九四〇（昭和十五）年八月。初出は『四季』第四十四号、一九三九（昭和十四）年二月号、同年一月発行。初出題名「諸国の天女は」。

だまして下《くだ》さい言葉《ことば》やさしく

だまして下さい言葉やさしく、
よろこばせて下さいあたゝかい声で。
世慣れぬ私の心いれをも
受けて下さい、ほめて下さい。
あゝ貴方《あなた》には誰よりも私がいると
感謝のほゝえみでだまして下さい。

その時私は
思ひあがつて豪慢になるでせうか
いえいえ私は
やはらかい蔓草《つるくさ》のやうにそれをとらへて
それを力に立ち上りませう。
もつともつとやさしくなりませう
もつともつと美しく
心きゝたる女子《おなご》になりませう。

あゝ私はあまりにも荒地にそだちました。
飢えた心にせめて一つほしいものは

私が貴方によろこばれると
さう考へるよろこびです。
あけがたの露やそよかぜほどにも
貴方にそれがわかつて下されば
私の瞳はいきく〵と若くなりませう。
うれしさに涙をいつぱいためながら
だまされだまされてゆたかになりませう。
目かくしの鬼を導くやうに
あゝ私をやさしい拍手で導いて下さい。

メモ　褒めて欲しいという、夫へ要望を語った詩。しかし永瀬清子は、婿養子越夫を信用していない。ねじけた表現「だまして」には、旧家令嬢の「豪慢」がある。

出典　『大いなる樹木』桜井書店、一九四七（昭和二十二）年四月。初出未詳。

美《うつく》しい国《くに》

はばかることなくよい思念《おもい》を
私らは語つてよいのですつて。
美しいものを美しいと

私らはほめてよいのですつて。
失つたものへの悲しみを
心のままに涙ながしてよいのですつて。

　敵とよぶものはなくなりました。
　醜《しゅう》とよぶものは恩人でした。
　私らは語りませう語りませう手をとりあ
　　つて。
　そしてよい事で心をみたしませう。

あゝ長い〳〵凍《こご》えでした。
涙も外へは出ませんでした。
心をだん〳〵暖めませう。
夕ぐれて星が一つづつみつかるやうに
感謝といふ言葉さへ
今やつとみつけました。

　私をすなほにするために
　貴方《あなた》のやさしいほゝえみが要《い》り
　貴方のためには私のが。

あゝ夜ふけて空がだん〳〵にぎやかになるやうに
瞳はしづかにかゞやき合ひませう
よい想《おも》ひで空をみたしませう
心のうちに
きらめく星空をもちませう。

メモ　皮肉表現「ですつて」を用い、終戦の喜びを述べた作品。『愛国詩集 大詔奉戴』所収詩「幸ひなるかな」で戦争を賛美した過去を、永瀬清子は忘れたらしい。

出典　『美しい国』爐書房、一九四八（昭和二十三）年二月。初出は『婦人朝日』第一巻第九号、一九四六（昭和二十一）年十月。

踊《おど》りの輪《わ》

美しい娘たちにまじつて
私の娘も踊つてゐる
人々の中にかくれて
私は彼女をみつめてゐる。
私の結んでやつた罌粟《けし》いろの帯は

まだ和服に慣れないあたらしい稜《かど》があつて
手足のふりもひかえ気味に
彼女は連れの娘たちにまじつて踊つてゐる。
あんまり見劣りはしないだらうか。
幸福さうにしてゐるだらうか。
いつも手許《てもと》にばかりおいて
遠くから見たことはなかつたのだ。
私があれ位の時に
抱《いだ》いてゐた願ひや夢を
彼女もやつぱり抱いてゐるだらうか。
私のほかに誰か彼女をみてゐるだらうか。
踊りの輪はだん〱大きくなつて
唄《うた》の声は次第に高まる。
遅い月が山をはなれて
空は一めんのこまかいさゞなみ雲
さゞなみの皺《しわ》ごとに
銀の発光がはじまる。
やさしく進んでは歩をかへす
青もやの中に大きな花のやうにぼやけて
湖水の妖精のやうな一群の中

もう誰が誰ともよく判《わか》らない
美しい娘たちにまじつて
私の娘も踊つてゐる。

メモ　永瀬清子は、娘の姿に昔の自分を重ねた。子は母から離れ、社会の象徴「踊りの輪」に紛れている。「手許」を去りゆく長女美緒を見て、親の心にさざ波が立つ。
出典　『美しい国』爐書房、一九四八（昭和二十三）年二月。初出は『詩人』創刊号、一九四七（昭和二十二）年一月。

あけがたにくる人《ひと》よ

あけがたにくる人よ
ててっぽっぽうの声のする方から
私の所へしずかにしずかにくる人よ
一生の山坂は蒼《あお》くたとえようもなくきびしく
私はいま老いてしまって
ほかの年よりと同じに
若かった日のことを千万遍《せんまんべん》恋うている

その時私は家出しようとして
小さなバスケット一つをさげて
足は宙にふるえていた
どこへいくとも自分でわからず
恋している自分の心だけがたよりで
若さ、それは苦しさだった

その時あなたが来てくれればよかったのに
その時あなたは来てくれなかった
どんなに待っているか
道べりの柳の木に云《い》えばよかったのか
吹く風の小さな渦に頼めばよかったのか

あなたの耳はあまりに遠く
茜色《あかねいろ》の向うで汽車が汽笛をあげるように
通りすぎていってしまった

もう過ぎてしまった
いま来てもつぐなえぬ
一生は過ぎてしまったのに

あけがたにくる人よ
ててっぽっぽうの声のする方から
私の方へしずかにしずかにくる人よ
足音もなくて何しにくる人よ
涙流させにだけくる人よ

メモ　永瀬清子は村落共同体で生涯を過ごした。若い日に駆け落ちして、自由を手にしていたら……、と老詩人は嘆く。上皇后陛下が本詩に共感し、ご英訳遊ばされた。
出典『あけがたにくる人よ』思潮社、一九八七（昭和六十二）年六月。初出は『詩学』第四十巻第八号、一九八五（昭和六十）年七月。

真壁《まかべ》仁《じん》　（一九〇七—一九八四）

峠《とうげ》

峠は決定をしいるところだ。
峠には訣別のためのあかるい憂愁がながれている。

峠路をのぼりつめたものは
のしかかってくる天碧《てんぺき》に身をさらし
やがてそれを背にする。
風景はそこで綴《と》じあっているが
ひとつをうしなうことなしに
別個の風景にはいってゆけない。
大きな喪失にたえてのみ
あたらしい世界がひらける。
峠にたつとき
すぎ来《こ》しみちはなつかしく
ひらけくるみちはたのしい。
みちはこたえない。
みちはかぎりなくさそうばかりだ。
峠のうえの空はあこがれのようにあまい。
たとえ行手《ゆくて》がきまっていても
ひとはそこで
ひとつの世界にわかれねばならぬ。
そのおもいをうずめるため
たびびとはゆっくり小便をしたり
摘《つ》みくさをしたり

たばこをくゆらしたりして
見えるかぎりの風景を眼におさめる。

メモ 過去との訣別の詩。峠は人生の境界点。新しい世界に進むため、詩人は慣れ親しんだ風景を愛惜しつつ、未練を断ち切る。昭和十五年に旅した美幌峠がモデル。

出典 『日本の湿った風土について』昭森社、一九五八（昭和三十三）年七月。初出は『至上律』第一輯、一九四七（昭和二十二）年七月。

坂《さか》村《むら》真《しん》民《みん》（一九〇九―二〇〇六）

念《ねん》ずれば花《はな》ひらく

念ずれば
花ひらく

苦しいとき
いつも母が口にしていた

このことばを
わたしもいつのころからか
となえるようになつた
そうして
そのたび
わたしの花が
ふしぎと
　ひとつ
　ひとつ
ひらいていつた

メモ　坂村真民は仏教詩人。一時、眼病で苦しんだ。病院近くの神社で赤い実を掌に載せて祈った際、この詩が生まれた。母は寡婦。苦労して五人の子を育て上げた。
出典『赤い種』サンマヤ協会、一九五六（昭和三十一）年一月。初出同上。

二度《にど》とない人生《じんせい》だから

二度とない人生だから
一輪の花にも

無限の愛を
そそいでゆこう
一羽の鳥の声にも
無心の耳を
かたむけてゆこう

二度とない人生だから
一匹のこおろぎでも
ふみころさないように
こころしてゆこう
どんなにか
よろこぶことだろう

二度とない人生だから
一ぺんでも多く
便りをしよう
返事は必らず
書くことにしよう

二度とない人生だから

まず一番身近な者たちに
できるだけのことをしよう
貧しいけれど
こころ豊かに接してゆこう

二度とない人生だから
つゆぐさのつゆにも
めぐりあいのふしぎを思い
足をとどめてみつめてゆこう

二度とない人生だから
のぼる日しずむ日
まるい月かけてゆく月
四季それぞれの
星々の光にふれて
わがこころを
あらいきよめてゆこう

二度とない人生だから
戦争のない世の

実現に努力し
そういう詩を
一篇でも多く
作ってゆこう
わたしが死んだら
あとをついでくれる
若い人たちのために
この大願を
書きつゞけてゆこう

メモ 仏教的な述志の詩。花鳥草虫や人間への愛を語っている。和歌に釈教歌があるように、現代詩にも人生訓の作品がある。大衆的教訓詩を無視すべきではない。

出典 『自選坂村真民詩集』大東出版社、一九六七（昭和四十二）年二月。初出は『詩国（しこく）』第五巻二月号、第四十四号、一九六六（昭和四十一）年二月。

天野《あまの》忠《ただし》

（一九〇九―一九九三）

米《こめ》

この
雨に濡れた鉄道線路に
散らばった米を拾《ひろ》ってくれたまえ
これはバクダンといわれて
汽車の窓から駅近くなって放り出された米袋だ
その米袋からこぼれ出た米だ
このレールの上に　レールの傍に
雨に打たれ　散らばった米を拾ってくれたまえ
そしてさっき汽車の外へ　荒々しく
曳《ひ》かれていったかつぎやの女を連れてきてくれたまえ
どうして夫《おっと》が戦争に引き出され　殺され
どうして貯《たくわ》えもなく残された子供らを育て
どうして命をつないできたかを　たずねてくれたまえ
そしてその子供らは
こんな白い米を腹一杯喰ったことがあったかどうか
　　をたずねてくれたまえ
自分に恥じないしずかな言葉でたずねてくれたまえ
雨と泥の中でじっとひかっている
このむざんに散らばったものは
愚直で貧乏な日本の百姓の辛抱がこしらえた米だ
この美しい米を拾ってくれたまえ
何も云《い》わず
一粒づつ拾ってくれたまえ。

メモ　戦後の貧困が主題。闇米摘発逃れの証拠隠滅のため、担ぎ屋は米袋を列車から放り出す。罪を犯すことでしか生きられない女の苦しみに、詩人は思いを寄せる。

出典　『単純な生涯』コルボオ詩話会、一九五八（昭和三十三）年九月。初出は『骨』第七号、一九五四（昭和二十九）年九月。再録は『詩学』第九巻第十三号、一九五五（昭和三十）年一月。再再録は『詩学』第十巻第六号、一九五五年六月。

あーあ

最後に
あーあというて人は死ぬ
生れたときも
あーあというた
いろいろなことを覚えて

長いこと人はかけずりまわる
それから死ぬ
わたしも死ぬときは
あーあというであろう
あんまりなんにもしなかったので
はずかしそうに
あーあというであろう。

メモ　平凡な人生を嘆いた詩。天野忠は商業学校卒の実直な図書館職員。人生に大きなドラマはなかった。しかし、生活密着の平易な作品は、今も愛され続けている。

出典『クラスト氏のいんきな唄』文童社、一九六一（昭和三十六）年十月。初出未詳。

動物園《どうぶつえん》の珍《めずら》しい動物《どうぶつ》

セネガルの動物園に珍しい動物がきた
「人嫌い」と貼札《はりふだ》が出た
背中を見せて
その動物は椅子にかけていた
じいっと青天井を見てばかりいた
一日中そうしていた
夜になって動物園の客が帰ると
「人嫌い」は内から鍵をはずし
ソッと家へ帰って行った
朝は客の来る前に来て
内から鍵をかけた
「人嫌い」は背中を見せて椅子にかけ
じいっと青天井を見てばかりいた
一日中そうしていた
昼食は奥さんがミルクとパンを差し入れた
雨の日はコーモリ傘をもってきた。

メモ　人間嫌いを描いたユーモアの詩。朝来て夜帰る檻は、職場の比喩である。天野忠は奈良女子大学図書館勤務。ダカール動物園関連の記事等に基づき創作したか。

出典『動物園の珍しい動物』文童社、一九六六（昭和四十一）年九月。初出未詳。

しずかな夫婦《ふうふ》

結婚よりも私は「夫婦」が好きだった。

とくにしずかな夫婦が好きだった。
結婚をひとまたぎして直《す》ぐ
しずかな夫婦になれぬものかと思っていた。
おせっかいで心のあたたかな人がいて
私に結婚しろといった。
キモノの裾《すそ》をパッパッと勇敢に蹴《け》って歩く娘を連れて
ある日突然やってきた。
昼めし代りにした東京ポテトの残りを新聞紙の上に
　置き
昨日入れたままの番茶にあわてて湯を注いだ。
下宿の鼻《はな》垂《た》れ息子が窓から顔を出し
お見合だ　お見合だ　とはやして逃げた。
それから遠い電車道《みち》まで
初めての娘と私は　ふわふわと歩いた。
——ニシンそばでもたべませんか　と私は云《い》った。
——ニシンはきらいです　と娘は答えた。
そして私たちは結婚した。
おお　そしていちばん感動したのは
いつもあの暗い部屋に私の帰ってくるころ
ポッと電灯の点《つ》いていることだった——

戦争がはじまっていた。
祇園《ぎおん》まつりの囃子《はやし》がかすかに流れてくる晩
子供がうまれた。
次の子供がよだれを垂《た》らしながらはい出したころ
徴用《ちょうよう》にとられた。便所で泣いた。
子供たちが手をかえ品をかえ病気をした。
ひもじさで口喧嘩も出来ず
女房はいびきをたててねた。
戦争は終った。
転々と職業をかえた。
ひもじさはつづいた。貯金はつかい果《はた》した。
いつでも私たちはしずかな夫婦ではなかった。
貧乏と病気は律儀なやつで
年中私たちにへばりついてきた。
にもかかわらず
貧乏と病気が仲良く手助けして
私たちをにぎやかなそして相性《あいしょう》でない夫婦にした。
子供たちは大きくなり（何をたべて育ったやら）
思い思いに　デモクラチックに
遠くへ行ってしまった。

どこから赤いチャンチャンコを呉《く》れる年になって
夫婦はやっともとの二人になった。
三十年前夢みたしずかな夫婦ができ上った。
――久しぶりに街へ出て　と私は云った。
　ニシンそばでも喰ってこようか。
――ニシンは嫌いです。と
私の古い女房は答えた。

メモ　人生懐古の詩。二人の結婚生活は苦労続きだった。苦楽を共にした妻秀子との三十年間を、詩人はしみじみと噛みしめる。天野忠は京都人。ニシンソバは名物。

出典『昨日の眺め』第一芸文社、一九六九（昭和四十四）年十月。初出未詳。

極楽《ごくらく》

死んだらもう来られんでな
そうじゃとも
死んだらもう来られんでな
お婆《ば》ぁが二人
あめ色の湯にどっぷりつかって
さっきからおなじことを云《い》って有難《ありがた》がっている。
ここは極楽みたいで
ぼんやりしていて　湯気《ゆげ》があがっている。
ここは子供のとき
頭のすっかり禿《は》げた父親と初めてきた温泉
世間といさかいをして逃げてきた父親は
どぼんと湯につかると
ああ　ほんまに極楽やな　坊《ぼ》んよ　と
ふうわり　手拭《てぬぐ》いを頭にのせた。
死んだらもう来られんでな　お父っぁん
私は
父親そっくりに禿げてしまった頭の上に
ふうわり　手拭いをのせて　それから
眼をつぶった。

メモ　亡き父を思う詩。幼少期に父親と訪れた思い出の温泉につかり、詩人は亡父の苦労多き人生に思いを馳せる。頭にのせた手拭が、はるかな父子の時間をつなぐ。

出典『昨日の眺め』第一芸文社、一九六九（昭和四十四）年十月。初出未詳。

まど・みちお

（一九〇九―二〇一四）

ぼくが　ここに

ぼくが　ここに　いるとき
ほかの　どんなものも
ぼくに　かさなって
ここに　いることは　できない

もしも　ゾウが　ここに　いるならば
そのゾウだけ
マメが　いるならば
その一《ひと》つぶの　マメだけ
しか　ここに　いることは　できない

ああ　このちきゅうの　うえでは
こんなに　だいじに
まもられているのだ
どんなものが　どんなところに
いるときにも

その「いること」こそが
なににも　まして
すばらしいこと　として

メモ　人は存在により尊い、と童謡詩人は平仮名で主張する。行いにより尊い、とは決して言わない。象・豆の大小も価値に無関係と言う。この言説は綺麗事か否か。

出典　『ぼくが　ここに』童話社、一九九三（平成五）年一月。初出未詳。

菅原克己《すがわらかつみ》

（一九一一―一九八八）

ブラザー軒《けん》

東一番丁《ひがしいちばんちょう》、
ブラザー軒。
硝子簾《がらすすだれ》がキラキラ波うち、
あたりいちめん氷を噛《か》む音。
死んだおやじが入って来る。
死んだ妹をつれて
氷水《こおりみず》喰べに、
ぼくのわきへ。
色あせたメリンスの着物。
おできいっぱいつけた妹。
ミルクセーキの音に、
びっくりしながら
細い脛《すね》だして
椅子にずり上る。
外は濃藍色《こいあいいろ》のたなばたの夜。

肥《ふと》ったおやじは
小さい妹をながめ、
満足気に氷を噛み、
ひげを拭《ふ》く。
妹は匙《さじ》ですくう
白い氷のかけら。
ぼくも噛む
白い氷のかけら。
ふたりには声がない。
ふたりにはぼくが見えない。
おやじはひげを拭く。
妹は氷をこぼす。
簾はキラキラ、
風鈴《ふうりん》の音、
あたりいちめん氷を噛む音。
死者ふたり、
つれだって帰る、
ぼくの前を。
小さい妹がさきに立ち、
おやじはゆったりと。

東一番丁、
ブラザー軒。
たなばたの夜。
キラキラ波うつ
硝子簾の向うの闇に。

メモ　亡父亡妹を思う詩。仙台・七夕祭のお盆の頃、菅原克己は思い出の洋食店で二人の幻を見る。光の輝きや金属的な音が、宮沢賢治風の幻想的雰囲気を生んでいる。
出典『日の底』飯塚書店、一九五八（昭和三十三）年十二月。初出未詳。

マクシム

誰かの詩にあったようだが
誰だか思いだせない。
労働者かしら、
それとも芝居のせりふだったろうか。
だが、自分で自分の肩をたたくような
このことばが好きだ、
＜マクシム、どうだ、
青空を見ようじゃねえか＞

むかし、ぼくは持っていた、
汚れたレインコートと、夢を。
ぼくの好きな娘は死んだ。
ぼくは馘《くび》になった。
馘になって公園のベンチで弁当を食べた。
ぼくは留置場に入った。
入ったら金網の前で
いやというほど殴られた。
ある日、ぼくは河《かわ》っぷちで
自分で自分を元気づけた、
＜マクシム、どうだ、
青空を見ようじゃねえか＞

のろまな時のひと打ちに、
いまでは笑ってなんでも話せる。
だが、
馘も、ブタ箱も、死んだ娘も、
みんなほんとうだった。

若い時分のことはみんなほんとうだった。
汚れたレインコートでくるんだ
夢も、未来も……。

言ってごらん、
もしも、若い君が苦労したら、
何か落目で
自分がかわいそうになったら、
その時にはちょっと胸をはって、
むかしのぼくのように言ってごらん、
〈マクシム、どうだ、
青空を見ようじゃねえか〉

メモ　青春懐古の詩。昔共産党地下活動に走った詩人は、辛かった日々を懐かしみ、自らを慰める。マクシムの由来にゴーリキ説、映画『マクシムの青春』説がある。
出典　『遠くと近くで』東京出版センター、一九六九（昭和四十四）年七月。初出は『P』第十号、一九六九年四月（現物未確認）。

栗《くり》原《はら》貞《さだ》子《こ》（一九一三―二〇〇五）

生《う》ましめん哉《かな》

——原子爆弾秘話——

こはれたビルデングの地下室の夜であつた。
原子爆弾の負傷者達は
暗いローソク一本ない地下室を
うづめていつぱいだつた。
生ぐさい血の臭《にお》ひ、死臭、汗くさい人いきれ、うめき声。
その中から不思議な声がきこえて来た。
「赤ん坊が生れる」と云《い》ふのだ。
この地獄の底のやうな地下室で今、若い女が
産気《さんけ》づいてゐるのだ。
マッチ一本ないくらがりでどうしたらいゝのだらう。
人々は自分の痛みを忘れて気づかつた。
と、「私が産婆《さんば》です。私が生ませませう」と云つたのは
さつきまでうめいてゐた重傷者だ。

かくてくらがりの地獄の底で新しい生命は生まれた。
かくてあかつきを待たず産婆は血まみれのまゝ死
んだ。
生ましめん哉
生ましめん哉
己《おの》が命捨つとも

メモ　広島の原爆詩。伝聞に基づく創作。明暗・生死・口語文語の対比がある。絶望から希望を生み出す自己犠牲の尊さが主題。死んだはずの産婆が後年名乗り出た。
出典　『黒い卵』中国文化発行所、一九四六（昭和二十一）年八月。初出は『中国文化』第一巻第一号、一九四六年三月。

大木《おおき》実《みのる》　（一九一三―一九九六）

屋根《やね》

日暮らしの勤めに疲れ
帰つていくわたしを待つものは母ではなかつた
ひとつの室《へや》であり
暗くなれば点《とも》るあかりであつた
わたしにも
ひとつの明りがあたへられ
ゆふぞらに端座する屋根がわたしを迎へてくれた

過ぎてしまつた二十八年といふ月日
なにごともなく
母もなく
寂しく貧しいあけ暮れであつた
屋根をたたいて雨は降り　風はしづかに吹き過ぎて
いつた

わたしはいつからか
わたしの暮らしのうへに在《あ》る
屋根といふものに深い信頼を寄せはじめてゐた

メモ　大木実は、庶民生活を平易な言葉で描いた。数え年七歳で母と死別、職を転々とし、創作時は砂子屋書房勤務。風雨をしのぐ家の屋根にしみじみと心を寄せる。

出典　『屋根』砂子屋書房、一九四一（昭和十六）年五月。初出は『新潮』第三十七年第八号、一九四〇（昭和十五）年八月。

朝《あさ》

わたし達のちひさな部屋で
わたし達のはじめての夜があけた朝
をんなは起きだして味噌汁をつくつてゐた

旅にも出ず
ひとの訪れもなく
ふたりで向かひあつた貧しい朝《あさ》餉《げ》　さうして昨夜
まだお互ひに名も呼ばず
をんなもわたしも涙を耐へてゐた

その朝も
いつもの朝のやうに
わたしは勤め仕事へ出ていつた

メモ　結婚時の記憶をしみじみと語った詩。披露宴や新婚旅行と無縁な二人は、人生の伴侶を得た感動を抱きつつ、朝食を共にする。初夜も夫婦を深く結びつけた。
出典　『故郷』桜井書店、一九四三（昭和十八）年三月。
初出未詳。

猿《さる》蟹《かに》合《がっ》戦《せん》

柿の木のしたに　弟はゐる
柿の木を仰ぎ
「早くおくれよ」と
繰返しながら

柿の木の枝に　兄はゐる
兄は柿の実を喰べてゐる
ふところに
あかい柿の実がのぞいてゐる

「早くおくれよ」
その声は泣き声になる
「ほうれ　やるぞ」

兄はひとつを投げてやる
嬉しさうに駈《か》けだしたそのときの弟の姿よ
そして拾《ひろ》ひとり兄を仰いだそのときの悲しい眼よ
――弟よ
いちばん小さい　いちばん色のわるい実を投げた
私は猿蟹合戦の猿のやうに賢く意地悪い兄であつた

メモ　痛切な後悔の思いを述べた詩。客観的には些細な兄弟の出来事を、大木実は大人になっても悔やみ続けている。人間らしい気持ちは、加害者の心から生まれる。
出典　『初雪』桜井書店、一九四六（昭和二十一）年六月。初出未詳。

おさなご

悲しげな眼をして
おうちへ帰ろうと子供が言う
音もなく点《とも》つた
電燈のあかりをみあげていたが　箸をおき
泣きそうな顔をして
おうちへ帰ろうよとまた言う
此処《ここ》に父が居《お》り
母が居るのに
こよいの糧《かて》と宿があるのに
何処《どこ》へ帰ろうと言うのだろう　幼いものよ――

メモ　人間の本源的郷愁を描いた詩。幼児に過去や故郷はない。両親も揃っている。幼少期に母や弟妹と死別した大木実は、幸せなはずの子供の欠落感に驚いたのだ。
出典　『路地の井戸』桜井書店、一九四八（昭和二十三）年九月。初出未詳。

月夜《つきよ》

静かな　けれどきっぱりと
いさぎよいひとことだった
立ちどまると立ちどまり　遅れて歩くのは
涙をみせまいとするためらしかった
「どんなことにも私はおどろきません」

そのひとことがわたしを打った
そのひとことが
わたしの覚悟と生涯を決めた

そしてはじまった二《ふ》たりの生活
それからの予期していた
また　予期していなかった
さまざまな苦労や悲哀——

おぼえているだろうか
忘れたろうか
幼な子に添寝する妻よ
あの夜も美しい月夜だったことを

メモ　結婚を決意した日を回顧した詩。損得勘定抜きの覚悟を語った妻の一言に、大木実は心を固めた。夫婦が感じる普遍的感情を、詩人は平易な言葉で表現した。

出典　『天の川』国文社、一九五七（昭和三十二）年十月。初出未詳。

前《まえ》へ

少年の日読んだ「家なき子」の物語の結びは、こういう言葉で終っている。
——前へ。
僕はこの言葉が好きだ。

物語は終っても、僕らの人生は終らない。
僕らの人生の不幸は終りがない。
希望を失わず、つねに前へ進んでいく、物語のなかの少年ルミよ。
僕はあの健気《けなげ》なルミが好きだ。
辛《つら》いこと、厭《いや》なこと、哀《かな》しいことに、出会うたび、
僕は弱い自分を励ます。
——前へ。

メモ　述志の詩。『金の星』連載のエクトール・マロ「家なき子」は、孤児が力強く生きてゆく物語。大木少年も母らを亡くした。菅原克己「マクシム」の影響がある。

出典　『冬の仕度』潮流社、一九七一（昭和四十六）年三月。初出未詳。

妻《つま》

何ということなく
妻のかたわらに佇《た》つ
煮物をしている妻をみている
そのうしろ姿に　若かった日の姿が重なる

この妻が僕は好きだ
三十年いっしょに暮らしてきた妻
髪に白いものがみえる妻
口にだして言ったらおかしいだろうか

――きみが好きだよ

青年のように
青年の日のように

メモ　老妻への愛情を語った作品。「青年のように」とは裏腹に、妻が好きな理由は若き日とやや異なる。苦楽を共にした白髪の妻に、大木実は深い愛着を感じている。

出典　『夜半の声』潮流社、一九七六（昭和五十一）年二月。初出未詳。

会田綱雄《あいだつなお》（一九一四―一九九〇）

伝説《でんせつ》

湖から
蟹《かに》が這《は》いあがつてくると
わたくしたちはそれを縄《なわ》にくくりつけ
山をこえて
市場《いちば》の
石ころだらけの道に立つ

蟹を食うひともあるのだ

縄につるされ
毛の生えた十本の脚《あし》で

空を掻《か》きむしりながら
蟹は銭《ぜに》になり
わたくしたちはひとにぎりの米と塩を買い
山をこえて
湖のほとりにかえる

ここは
草も枯れ
風はつめたく
わたくしたちの小屋は灯《ひ》をともさぬ

くらやみのなかでわたくしたちは
わたくしたちのちちははの思い出を
くりかえし
くりかえし
わたくしたちのこどもにつたえる
わたくしたちのちちははも
わたくしたちのように
この湖の蟹をとらえ
あの山をこえ
ひとにぎりの米と塩をもちかえり
わたくしたちのために
熱いお粥《かゆ》をたいてくれたのだつた

わたくしたちはやがてまた
わたくしたちのちちははのように
痩《や》せほそつたちいさなからだを
かるく
かるく
湖にすててゆくだろう
そしてわたくしたちのぬけがらを
蟹はあとかたもなく食いつくすだろう
むかし
わたくしたちのちちははのぬけがらを
あとかたもなく食いつくしたように

それはわたくしたちのねがいである

こどもたちが寝いると
わたくしたちは小屋をぬけだし

湖に舟をうかべる
湖の上はうすらあかるく
わたくしたちはふるえながら
やさしく
くるしく
むつびあう

メモ　理想の家族像を描いた詩。自己犠牲や利他精神は、会田綱雄の母に欠け、父が備えていた資質。死体を食う蟹の禁忌は、事変下で詩人路易士から得た発想。
出典　『鹹湖（かんこ）』緑書房、一九五七（昭和三十二）年二月。初出は『歴程』第四十三号、一九五五（昭和三十）年一月。再録は日本文藝家協会編『日本詩集 1957年度編輯』三笠書房、一九五七年一月。

鴨《かも》

鴨にはなるなと
あのとき
鴨は言つたか

ノオ

羽をむしり
毛を焼き
肉をあぶつて食いちらしたおれたちが
くちびるをなめなめ
ゆうもやの立ちこめてきた沼のほとりから
ひきあげようとしたときだ

「まだまだ
　骨がしやぶれるよ」

おれたちはふりかえり
鴨の笑いと
光る龍《りゅう》骨《こつ》を見た

メモ　自己犠牲を貫いた父の生き方を、敬意を込めて語った詩。「鴨」たる父綱蔵は大工。欲張りな妻に虐げられつつ誠実に働いた。「光る龍骨」は父親への尊敬表現。
出典　『鹹湖（かんこ）』緑書房、一九五七（昭和三十二）年二月。初出は『歴程』第五十二号、一九五六（昭和三十二）年七月。初出総題「詩三篇」。

高《たか》田《だ》敏《とし》子《こ》（一九一四—一九八九）

橋《はし》

少女よ
橋のむこうに
何があるのでしょうね

私も　いくつかの橋を
渡ってきました
いつも　心をときめかし
急いで　かけて渡りました

あなたがいま渡るのは
あかるい青春の橋
そして　あなたも
急いで渡るのでしょうか
むこう岸から聞える
あの呼び声にひかれて

メモ　娘の婚約を語った詩。橋は結婚の比喩。対岸に婚約者が待つ。母高田敏子は、適齢期を迎えた長女純江の自立と親離れに困惑しつつ、自らの若き日を振り返る。

出典　『月曜日の詩集』河出書房新社、一九六二（昭和三十七）年七月。初出は『朝日新聞』一九六一（昭和三十六）年四月二十四日夕刊。

海《うみ》

少年が沖にむかって呼んだ
「おーい」
まわりの子どもたちも
つぎつぎに呼んだ
「おーい」「おーい」
そして
おとなも「おーい」と呼んだ

子どもたちは　それだけで
とてもたのしそうだった
けれど　おとなは
いつまでもじっと待っていた
海が
何かをこたえてくれるかのように

メモ　子供の純粋さを描いた詩。児童は内的欲求に忠実だが、成人は行動に結果を求めがちである。一方、子供にはない大人の深い思索性を読み取る解釈も成り立つ。
出典　『月曜日の詩集』河出書房新社、一九六二（昭和三十七）年七月。初出は『朝日新聞』一九六一（昭和三十六）年七月三日夕刊。

忘《わす》れもの

入《にゅう》道《どう》雲《ぐも》にのって
夏休みはいってしまった
「サヨナラ」のかわりに
素晴らしい夕《ゆう》立《だち》をふりまいて

けさ　空はまっさお
木々の葉の一枚一枚が
あたらしい光とあいさつをかわしている

だがキミ！　夏休みよ
もう一度　もどってこないかな
忘れものをとりにさ

迷《ま》い子《ご》のセミ
さびしそうな麦わら帽子
それから　ぼくの耳に
くっついて離れない波の音

メモ　「ぼく」に仮託して、去り行く夏を愛惜した作品。児童詩風の内容だが、中年高田敏子の青春喪失の嘆きが背景にある。この主題は「布良海岸」で反復された。
出典　『続月曜日の詩集』河出書房新社、一九六三（昭和三十八）年十二月。初出は『朝日新聞』一九六二（昭和三十七）年九月三日夕刊。

布《め》良《ら》海《かい》岸《がん》

この夏の一日
房総半島の突端　布良の海に泳いだ
それは人影のない岩鼻
沐浴《もくよく》のようなひとり泳ぎであったが
よせる波は
私の体を滑らかに洗い　ほてらせていった
岩かげで　水着をぬぎ　体をふくと
私の夏は終っていた
切り通しの道を帰りながら
ふとふりむいた岩鼻のあたりには
海女《あま》が四、五人　波しぶきをあびて立ち
私がひそかにぬけてきた夏の日が
その上にだけかがやいていた

メモ　青春喪失の詩。夏は青春、突端は青春の果て、切り通しは老年との境界。若い海女の群像は、失った青春の輝きである。青木繁《海の幸》が創作の契機になった。
出典　『続月曜日の詩集』河出書房新社、一九六三（昭和三十八）年十二月。初出は『銀婚』第七冊、一九六一（昭和三十六）年八月。再録は『月曜日の詩集』河出書房新社、一九六二（昭和三十七）年七月。再録は、村野四郎「序」での引用。再再録は『藤』昭森社、一九六七（昭和四十二）年十一月。

主《しゅ》婦《ふ》の手《て》

ながい月日お台所をしてきました
刻むことも　焼くことも
お掃除も　せんたくも
みんな手《て》馴《な》れて順序よく
目をつぶってもできるように
なってしまいました

毎日何かしらん娘にも教えます
セーターの洗い方
揚げものの火かげん
そして　ときに
ふっとさびしくなるのです
みんな知ってしまったさびしさ

みんな知ってしまった年月
みんな知ってしまった私の手と
娘の　美しい手

メモ　平易な台所詩。昭和三十五年からの『朝日新聞』連載が、高田敏子の名を高めた。一方、高踏的現代詩の立場からは、「台所詩人」「お母さん詩人」と揶揄された。
出典　『にちよう日／母と子の詩集』あすなろ書房、一九六六（昭和四十一）年九月。初出は『朝日新聞』一九六五（昭和四十）年三月二十八日朝刊。初出総題「台所のうた⑧」。

藤《ふじ》の花《はな》

きものの色が
少しずつ地味になってきたように
料理も淡泊なものが好きになった
「恋」という言葉も　もう派手すぎて
恋歌も恋の詩も書けなくなった
書けなくなったころから
古い恋うたのこころがわかり

私の恋もまた　深く　ゆたかに
静かに　美しいものになっていった
藤の古木《こぼく》が　千条《せんじょう》の花房《はなぶさ》を咲かせるように。

メモ　中年女性の恋の歌。夫光雄との不和や、詩人安西均への接近が背景にある。三好達治らと訪れた「牛島の藤」がモデル。高田敏子は着物や料理が好きだった。
出典　『藤』昭森社、一九六七（昭和四十二）年十一月。初出未詳。

別《べつ》の名《な》

ひとは　私を抱きながら
呼んだ
私の名ではない　別の　知らない人の名を
知らない人の名に答えながら　私は
遠いはるかな村を思っていた
そこには　まだ生まれないまえの私がいて
杏《あんず》の花を見上げていた

ひとは　いっそう強く私を抱きながら
また　知らない人の名を呼んだ

知らない人の名に―はい―と答えながら
私は　遠いはるかな村をさまよい
少年のひとみや
若者の胸や
かなしいくちづけや
生まれたばかりの私を洗ってくれた
父の手を思っていた

ひとの呼ぶ　知らない人の名に
私は素直に答えつづけている
私たちは　めぐり会わないまえから
会っていたのだろう
別のなにかの姿をかりて――

私たちは　愛しあうまえから
愛しあっていたのだろう
別の誰かの姿に託して――

ひとは　呼んでいる
会わないまえの私も　抱きよせるようにして
私は答えている
会わないまえの遠い時間の中をめぐりながら

メモ　原初的な愛の感覚を描いた詩。理想的な男女の姿でもある。夫高田光雄との積年の不和の中、現実には得られなかった深い愛を、詩人は秘かに求め続けていた。

出典　『藤』昭森社、一九六七（昭和四十二）年十一月。初出未詳。

むらさきの花《はな》

日々は平穏である
長女は四部屋の社宅に住み
二児を育てながら
料理とケーキ作りに熱中している
次女は二部屋のマンションに移り
靴のデザインを仕事として

土曜か日曜にはもどって来る
テレビの前でコーヒーを飲みながら
きっということば
この家　寒いわ　もっと暖房を強くしたら？

息子も三部屋のマンションに暮らし
一歳半の男の子に数え唄《うた》をうたう
　ひとつ　ひよこが　豆くって　ピヨピヨ
ふたつ　ふたごが　けんかして　プンプン
愛らしい妻も声をあわせて
唄は何回もくり返される

私はもう　子といさかうこともなく
折々の訪れをのどかな笑顔で迎えている

この平穏な日々
何をほかに思うことがあろう
毎夜私は　縁先《えんさき》につながれて眠る赤犬の
いびきを聞きながら目をつむる

眠りにつくまでの道には
岩山があって
植物図鑑の中の
むらさきの花が咲いている
根に毒を持つというトリカブトの花
むらさきの花を好む心の奥にも
この花の根に似たもののあることを知っている
根の毒を舌先になめながら
眠りの道に入るまでの　さびしさ

メモ　自らの残忍さと向き合った詩。詩人は元夫を二階に押し込め、徹底的に冷遇した。お母さん詩人の裏面である。高田敏子の作品に夫は一切登場しない。家は寒い。
出典『むらさきの花』花神社、一九七六（昭和五十一）年十月。初出未詳。

小《ちい》さな靴《くつ》

小さな靴が玄関においてある
満二歳になる英子の靴だ

忘れて行ったまま二カ月ほどが過ぎていて
英子の足にはもう合わない
子供はそうして次々に
新しい靴にはきかえてゆく

おとなの　疲れた靴ばかりのならぶ玄関に
小さな靴は　おいてある
花を飾るより　ずっと明るい

メモ　希望の詩。作者は孫の靴に未来を感じている。これ以前、次女高田喜佐は、布靴ブランド「KISSA」を立ち上げていた。靴の主題や肯定的感情はこれに由来する。
出典　『むらさきの花』花神社、一九七六（昭和五十一）年十月。初出は『文藝春秋』第五十一巻第七号、一九七三（昭和四十八）年五月。

木《きの》下《した》夕《ゆう》爾《じ》

（一九一四―一九六五）

晩夏《ばんか》

停車場のプラットホオムに
南瓜《かぼちゃ》の蔓《つる》が匍《は》ひのぼる
閉ざされた花の扉《と》のすきまから
てんとう虫が外を見てゐる

軽便車が来た
誰も乗らない
誰も下りない

棚のそばの黍《きび》の葉つぱに
若い切符きりがちよつと鋏《はさみ》を入れる

メモ　井笠鉄道神辺線、夏の田舎駅のスケッチ。堀口大学「肺病院夜曲」の影響がある。帰郷し薬局を継いだ木下夕爾には、東京への未練や地方生活の寂寥感があった。
出典　『晩夏』浮城書房、一九四九（昭和二十四）年六月。初出未詳。

夜学生《やがくせい》

鞭《むち》の影が
地図の上にのびたりちぢんだりする
先生の声がとぎれると
虫の音が部屋にみちてくる
学問のたのしさ
そしてまた何というさびしさ
本の上に来て髭《ひげ》をふる
しべりあの地図より青いすゐつちよよ

メモ　塾通学時の記憶を描いた作品。家庭の事情で進学をあきらめた同級生の女の子への思いが隠されている。夕爾の俳句に「翅青き虫きてまとふ夜学かな」がある。
出典　『晩夏』浮城書房、一九四九（昭和二十四）年六月。初出未詳。

ひばりのす

ひばりのす
みつけた
まだたれも知らない
あそこだ
水車小屋のわき
しんりようしよの赤い屋根のみえる
あのむぎばたけだ
小さいたまごが
五つならんでる
まだたれにもいわない

メモ　村の春を描いた児童詩。秘密を喜ぶ子供の気持ちを見事に表現している。宮崎晶子『父 木下夕爾』に、似た体験が見られる。同郷の井伏鱒二が高く評価した。
出典　『児童詩集』木靴発行所、一九五五（昭和三十）年十一月。初出は『三年の学習』第十巻第一号（奥付は第五巻第一号と誤記）、一九五五年四月。

崔華國《さいかこく》

（一九一五―一九九七）

洛東江《ナクトンガン》

四十になったら詩を書くよ
四十はあまりにも遥かな世界で
私とは一生関係がない
そしたら　詩が書けないでも済む
という計算を
私は秘かにしたのだろうか

その四十を通り越して
さらに二十年　私は
君が毛嫌いしたこの国で
意味の少ない年輪を重ねているのだ
秋の湖ほどに深く澄んだ瞳の汝《なれ》
汝《な》がために
みじめな祖国までがかがやいて見えた

うれしきひとよ
オールを漕《こ》ぐ私の腕に　頬《ほお》ずりした汝《なれ》
実は　詩なんかどうでもよかったか
四十になったら詩を書くという　嘘も
うれしきひとよ

ゆるやかな洛東江《ナクトンガン》に
さんさんと秋の陽《ひ》は降りそそぎ
雲はゆうゆう　江《かわ》もゆうゆう
今も　洛東江は流れていようか
あれから　四十年
詩はまだ書けないまま
汝《な》の毛嫌いした国にいる

メモ　青春懐古の詩。川は時間の暗喩。科挙の国朝鮮では、立派な知識人はみな漢詩を作った。恋人についた嘘が現実となり、今、崔華國は詩「洛東江」を書いている。
出典　『驢馬の鼻唄』詩学社、一九八〇（昭和五十五）年九月。初出は『四海』第十二号、一九七四（昭和四十九）年四月。初出題名「回想の洛東江」。

作品考《さくひんこう》

しなやかに洗練されたフランスの絹
そんなものより
うちの国のけばだった絹紬があるでしょう
そのやわらかさ　そのつよさ
そんなふうに書きなさいな

あまりにも繊細できれいで
完璧な作品がなんでそんなにいい
ちょっと足りず欠けたところのある作品のほうがい
　いのです

けばだつ絹紬は知らないけれど
私のまだ幼かったころ
母上《ははうえ》がかんかん照りの真夏の陽《ひ》ざしに
いっしょうけんめい綿花を育てて
長い長い夜　糸車をまわしまわし
機《はた》に坐ってみずから織られた木綿布《もめん》

着物にしたてて着せてくれた
ぶつぶつ糸目のきわだった
えもいわれぬ風合《ふうあい》の木綿布
その木綿の肌ざわり
忘れられないその感触
そういう作品でありたいが　どっこい
それがそううまくはいかないのです

メモ　詩論の詩。「母」国韓国への思いも託されている。完璧を否定する吉野弘「祝婚歌」の影響がある。茨木のり子訳『韓国現代詩選』（花神社、一九九〇年）所収。
出典　『驢馬の鼻唄』詩学社、一九八〇（昭和五十五）年九月。初出未詳。韓国語版は、詩集『輪廻の江』白鹿出版社（ソウル）、一九七八（昭和五十三）年五月（現物未確認）。

もう一《ひと》つの故郷《こきょう》

愛は寛容であり、愛は情深い。
愛はねたまず、たかぶらない。
　　　コリント人への手紙

地球はなんて美しいんでしょう
窓際の妻が宇宙飛行士のようなことをいう
眼下に水墨画のような湾が入江が霞んで
やがてくっきり緑が描かれて日本なのだ
今一つの祖国ではない　もう一つの故郷日本
半世紀もの私の骨を太くしてくれた日本だ

あのあたりが三保《みほ》の関《せき》　松江　出雲
小《こ》泉《いずみ》八《や》雲《くも》翁《おう》の咳ばらいがきこえるではないか
宍《しん》道《じ》湖《こ》のわかさぎとシジミの匂いが鼻をくすぐるで
　はないか
後《あと》小《こ》一時間愛する列島を東進すれば
緑も濃い森の中の空港だ

気ままな電車にゆられゆられて
空《から》っ風と嬶《かかあ》天《でん》下《か》の里へ
愛の泉のほとりへ帰らざらめや

いい言葉があるではないか　日本には
「いわずもがな」「語るにおちる」
意地をはらず　肩《かた》肘《ひじ》もはらず
しんみり生きることだ　ひっそり暮らすことだ

メモ　移民の心情を述べた詩。高崎在住の崔華國は、かつて嫌った日本に愛着を感じている。詩人は成田空港行の機内で、反日に走らず寛容に生きる決意を新たにする。

出典　『驢馬の鼻唄』詩学社、一九八〇（昭和五十五）年九月。初出未詳。

不《ふ》安《あん》

皆が戦争は反対だという
核兵器も反対だという
真《ま》顔《がお》でいう
生きとし生けるもの皆が反対だという
終《しま》いには詩人までがそういうのである
眉《まゆ》には唾《つば》は要《い》らないだろうか
詩人もいうからには本当だろうか

あわてめさるな　ここはかつての
悪夢の製造現場だった大和の国なるぞ

あの破廉恥極まる侵略戦争を
聖戦だと感泣《かんきゅう》した詩人もいなくはなかった

皆が朝から晩まで戦争は反対だという
核兵器も絶対反対だという

これではまるで俺《おれ》だけが
この俺だけがまるで戦争が賛成で
核戦争も賛成でという
妙な図式になりかねない雲行《くもゆき》で

私は近頃いつになく　不安で

メモ　反戦反核平和運動の胡散臭さを嗅ぎ分けた詩。異論を許さない雰囲気に、崔華國は全体主義を感じた。彼らの主張の本当の目的が別な所にあることを示唆する。
出典　『ピーターとG』花神社、一九八八（昭和六十三）年九月。初出未詳。

石原吉郎《いしはらよしろう》（一九一五―一九七七）

位置《いち》

しずかな肩には
声だけがならぶのでない
声よりも近く
敵がならぶのだ
勇敢な男たちが目指す位置は
その右でも　おそらく
そのひだりでもない
無防備の空がついに撓《たわ》み
正午の弓となる位置で
君は呼吸し
かつ挨拶せよ
君の位置からの　それが
最もすぐれた姿勢である

メモ　過酷なシベリア抑留体験を、難解表現で韜晦した詩。友人鹿野武一は行進の際、射殺される危険が高い外側の「位置」を選んだ。高貴な自己犠牲の姿である。

出典　『サンチョ・パンサの帰郷』思潮社、一九六三（昭和三十八）年十二月。初出は『鬼』第三十号、一九六一（昭和三十六）年八月。

葬《そう》式《しき》列《れっ》車《しゃ》

なんという駅を出発して来たのか
もう誰もおぼえていない
ただ　いつも右側は真昼で
左側は真夜中のふしぎな国を
汽車ははしりつづけている
駅に着くごとに　かならず
赤いランプが窓をのぞき
よごれた義足やぼろ靴といっしょに
まっ黒なかたまりが
投げこまれる
そいつはみんな生きており
汽車が走っているときでも
みんなずっと生きているのだが

それでいて汽車のなかは
どこでも屍臭《ししゅう》がたちこめている
そこにはたしかに俺《おれ》もいる
誰でも半分はもう亡霊になって
もたれあったり
からだをすりよせたりしながら
まだすこしずつは
飲んだり食ったりしているが
もう尻のあたりがすきとおって
消えかけている奴《やつ》さえいる
ああそこにはたしかに俺もいる
うらめしげに窓によりかかりながら
ときどきどっちかが
くさった林檎《りんご》をかじり出す
俺だの　俺の亡霊だの
俺たちはそうしてしょっちゅう
自分の亡霊とかさなりあったり
はなれたりしながら
やりきれない遠い未来に
汽車が着くのを待っている

誰が汽《き》罐《かん》車《しゃ》にいるのだ
巨《おお》きな黒い鉄橋をわたるたびに
どろどろと橋桁《はしげた》が鳴り
たくさんの亡霊がひょっと
食う手をやすめる
思い出そうとしているのだ
なんという駅を出発して来たのかを

メモ　シベリア抑留の詩。カラガンダからバイカル湖西方流刑地への移送体験による。護送貨車ストルイピンカで生死の境にいる「亡霊」は、自己同一性すら喪失する。

出典　『サンチョ・パンサの帰郷』思潮社、一九六三（昭和三十八）年十二月。初出は『文章倶楽部』第七巻第七号、一九五五（昭和三十）年八月。再録は、日本文藝家協会編『日本詩集 1957 年度編輯』三笠書房、一九五七（昭和三十二）年一月。再再録は『荒地詩集 1958』荒地出版社、一九五八（昭和三十三）年十二月。

脱《だっ》走《そう》

――一九五〇年ザバイカルの徒刑地で

そのとき　銃声がきこえ
日まわりはふりかえって
われらを見た
ふりあげた鈍器の下のような
不敵な静寂のなかで
あまりにも唐突に
世界が深くなったのだ
見たものは　見たといえ
われらがうずくまる
まぎれもないそのあいだから
火のような足あとが南へ奔《はし》り
力つきたところに
すでに他の男が立っている
あざやかな悔恨《かいこん》のような
ザバイカルの八月の砂地
爪先《つまさき》のめりの郷愁は
待伏《まちぶ》せたように薙《な》ぎたおされ
沈黙は　いきなり
向きあわせた僧院のようだ
われらは一瞬腰を浮かせ
われらは一瞬顔を伏せる

射《う》ちおとされたのはウクライナの夢か
コーカサスの賭《かけ》か
すでに銃口は地へ向けられ
ただそれだけのことのように
腕をあげて　彼は
時刻を見た
驢馬《ろば》の死産を見守《まも》る
商人たちの真昼
砂と蟻《あり》とをつかみそこねた掌《て》で
われらは　その口を
けたたましくおおう
あからさまに問え　手の甲は
踏まれるためにあるのか
黒い踵《かかと》が　容赦なく
いま踏んで通る
服従せよ
まだらな犬を打ちすえるように
われらは怒りを打ちすえる
われらはいま了解する
そうしてわれらは承認する

われらはきっぱりと服従する
激動のあとのあつい舌を
いまも垂《た》らした銃口の前で——
まあたらしく刈りとられた
不毛の勇気のむこう側
一瞬にしていまはとおい
ウクライナよ
コーカサスよ
ずしりとはだかった長靴《ちょうか》のあいだへ
かがやく無垢《むく》の金貨を投げ
われらは　いま
その肘《ひじ》をからめあう
ついにおわりのない
服従の鎖《くさり》のように

注　ロシヤの囚人は行進にさいして脱走をふせぐために、しばしば五列にスクラムを組まされる。

メモ　脱走目撃体験に基づく詩。『望郷と海』によれば、タイシェット北東約三十キロ地点での出来事。人々は沈黙し服従する。この衝撃は帰国後も「私をおびやかした」。

出典　『サンチョ・パンサの帰郷』思潮社、一九六三（昭和三十八）年十二月。初出は『ロシナンテ』第十八号、一九五八（昭和三十三）年十月。

自《じ》転《てん》車《しゃ》にのるクラリモンド

自転車にのるクラリモンドよ
目をつぶれ
自転車にのるクラリモンドの
肩にのる白い記憶よ
目をつぶれ
クラリモンドの肩のうえの
記憶のなかのクラリモンドよ
目をつぶれ

目をつぶれ
シャワーのような
記憶のなかの
赤とみどりの
とんぼがえり

顔には耳が
手には指が
町には記憶が
ママレードには愛が

そして目をつぶった
ものがたりがはじまった

自転車にのるクラリモンドの
自転車のうえのクラリモンド
幸福なクラリモンドの
幸福のなかのクラリモンド

そうして目をつぶった
ものがたりがはじまった

町には空が
空にはリボンが
リボンの下には
クラリモンドが

メモ　精神的苦痛の中で見た、過度に明るく切ない幻影。幸福な言葉の裏に、底知れぬ空虚が感じられる。クラリモンドは女の名前。ゴーチエの作品に由来するか。
出典　『サンチョ・パンサの帰郷』思潮社、一九六三（昭和三十八）年十二月。初出は『文章倶楽部』第七巻第十一号、一九五五（昭和三十）年十二月。

居《い》直《なお》りりんご

ひとつだけあとへ
とりのこされ
りんごは　ちいさく
居直ってみた
りんごが一個で
居直っても
どうなるものかと
かんがえたが
それほどりんごは
気がよわくて
それほどこころ細《ぼそ》かったから
やっぱり居直ることにして
あたりをぐるっと
見まわしてから
たたみのへりまで
ころげて行って
これでもかとちいさく
居直ってやった

メモ　中学校の教科書に掲載されたユーモア詩。しかし、石原吉郎の孤独と憂愁は深い。シベリア帰国者は社会の「へり」に押しやられ、無理解の中に取り残された。
出典　『現代詩文庫26石原吉郎詩集』思潮社、一九六九（昭和四十四）年八月。出典総題「未刊詩篇から」。初出未詳。再録は『日常への強制』構造社、一九七〇（昭和四十五）年十二月。

木《き》のあいさつ

ある日　木があいさつした
といっても
おじぎしたのでは
ありません

ある日　木が立っていた
というのが
木のあいさつです
そして　木がついに
いっぽんの木であるとき
木はあいさつ
そのものです
ですから　木が
とっくに死んで
枯れてしまっても
木は
あいさつしている
ことになるのです

メモ　木の挨拶とは、人が発する無言のメッセージ。抑留下に自己犠牲を貫いた友人鹿野武一に、石原は最高の人間性を見た。鹿野は没後も詩人に影響を与え続けた。
出典『現代詩文庫26石原吉郎詩集』思潮社、一九六九（昭和四十四）年八月。出典総題「未刊詩篇から」。初出は『鬼』第五十一号、一九六八（昭和四十三）年二月。再録は『日常への強制』構造社、一九七〇（昭和四十五）年十二月。

フェルナンデス

フェルナンデスと
呼ぶのはただしい
寺院の壁の　しずかな
くぼみをそう名づけた
ひとりの男が壁にもたれ
あたたかなくぼみを
のこして去った
　〈フェルナンデス〉
しかられたこどもが
目を伏せて立つほどの
しずかなくぼみは
いまもそう呼ばれる
ある日やさしく壁にもたれ
男は口を　閉じて去った
　〈フェルナンデス〉
しかられたこどもよ
空をめぐり

墓標をめぐり終えたとき
私をそう呼べ
私はそこに立ったのだ

メモ　シベリア抑留者が、次世代への願いを語った詩。生きた証しは墓にはない。ある時ある場所にいたこと自体が人々の記憶であって欲しい。寺院は精神世界の象徴。
出典　『日常への強制』構造社、一九七〇（昭和四十五）年十二月。初出は『ペリカン』第十四号、一九七〇年一月。

峠《とうげ》三《さん》吉《きち》

（一九一七—一九五三）

序《じょ》

ちちをかえせ　ははをかえせ
としよりをかえせ
こどもをかえせ

わたしをかえせ　わたしにつながる
にんげんをかえせ
にんげんの　にんげんのよのあるかぎり
くずれぬへいわを
へいわをかえせ

メモ　原爆投下への抗議の詩。一九五〇年、トルーマンは朝鮮戦争での原爆使用を示唆、これを知った危機感の中で書かれた。広島在住の峠三吉は日本共産党の詩人。
出典　『原爆詩集』新日本文学会広島支部われらの詩の会、一九五一（昭和二十六）年九月。初出同上。再録は『新日本文学』第六巻第十一号、一九五一年十一月。再録総題「原爆詩集抄」。

仮《かり》繃《ほう》帯《たい》所《じょ》にて

あなたたち
泣いても涙のでどころのない
わめいても言葉になる唇《くちびる》のない
もがこうにもつかむ手指の皮膚のない

あなたたち
血とあぶら汗と淋巴《りんぱ》液とにまみれた四肢《しし》をばたつかせ
糸のように塞《ふさ》いだ眼をしろく光らせ
あおぶくれた腹にわづかに下着のゴム紐《ひも》だけをとどめ
恥《はずか》しいところさえはじることをできなくさせられた
　あなたたちが
ああみんなさきほどまでは愛らしい
女学生だつたことを
だれがほんとうと思えよう

焼け爛《ただ》れたヒロシマの
うす暗くゆらめく焔《ほのお》のなかから
あなたでなくなつたあなたたちが
つぎつぎととび出し這《は》い出し
この草地にたどりついて
ちりちりのラカン頭を苦悶の埃《ほこり》に埋める

何故《なぜ》こんな目に遭《あ》わねばならぬのか
なぜこんなめにあわねばならぬのか

何の為《ため》に
なんのために
そしてあなたたちは
すでに自分がどんなすがたで
にんげんから遠いものにされはてて
しまつているかを知らない

ただ思つている
あなたたちはおもつている
今朝がたまでの父を母を弟を妹を
（いま逢《あ》つたつてたれがあなたとしりえよう）
そして眠り起きごはんをたべた家のことを
（一瞬に垣根の花はちぎれいまは灰の跡さえわから
　ない）

おもつているおもつている
つぎつぎと動かなくなる同類のあいだにはさまつて
おもつている
かつて娘だつた
にんげんのむすめだつた日を

メモ　広島の原爆詩。二日後の八月八日、近所の河内さんを被服廠に見舞った体験に基づく（日記）。肺葉切除のため入院した国立広島療養所（西条町）で作られた。

出典　『原爆詩集』新日本文学会広島支部われらの詩の会、一九五一（昭和二十六）年九月。初出同上。再録は『新日本文学』第六巻第十一号、一九五一年十一月。再録総題「原爆詩集抄」。

安西均《あんざいひとし》

（一九一八—一九九四）

新古今集断想《しんこきんしゅうだんそう》

藤原定家

「それが俺《おれ》と何の関《かかわ》りがあらう？　紅《クレナヰ》の戦旗が」
貴族の青年は橘《たちばな》を嚙《か》み蒼白たる歌帖《カイエ》を展《ひろ》げた
烏帽子《えぼし》の形をした剝製《はくせい》の魂が耳もとで囁《ささや》いた
燈油は最後の滴《したた》りまで煮えてゐた
直衣《のうし》の肩は小さな崖のごとく霜を滑らせた
王朝の夜天《やてん》の隅で秤《はかり》は徐《おもむろ》にかしいでゐた
「否《ノン》！　俺の目には花も紅葉《もみじ》も見えぬ」
彼は夜風がめくり去らうとする灰色の美学を掌でお
　さへてゐた
流水行雲花鳥風月がネガティヴな軋《きし》みをたてた
石胎《せきたい》の闇が机のうへで凍りついた
寒暁《かんぎょう》は熱い灰のにほひが流れてゐた
革命はきさらぎにも水無月《みなづき》にも起《おこ》らうとしてゐた。

メモ　藤原定家は「紅旗征戎吾が事にあらず」と述べた。戦乱に背を向けた芸術至上主義的王朝歌人に、詩人は自らの理想像を投影する。安西均は朝日新聞社社員。

出典　『花の店』学風書院、一九五五（昭和三十）年十一月。初出未詳。

花《はな》の店《みせ》

かなしみの夜の　とある街角《まちかど》をほのかに染めて
花屋には花がいっぱい　賑《にぎ》やかな言葉のやうに
いいことだ　憂《うれ》ひつつ花をもとめるのは

その花を頬《ほほ》ゑみつつ人にあたへるのはなほいい
けれどそれにもまして　あたふべき花を探さず
多くの心を捨てて花を見てゐるのは最もよい
花屋では私の言葉もとりどりだ　賑やかな花のやうに
夜の街角を曲るとふたたび私の心はひとつだ
かなしみのなかで何でも見える心だけが。

メモ　憂愁を抱えた詩人が、夜のお花屋さんの魅力を語った詩。言葉は花の、花は言葉の比喩である。安西均は敢えて賑やかな言葉を捨て、ひとつの心に帰ってゆく。
出典　『花の店』学風書院、一九五五（昭和三十）年十一月。初出は『母音』第三冊、一九四七（昭和二十二）年九月。

滝《たき》口《ぐち》雅《まさ》子《こ》

（一九一八―二〇〇二）

男《おとこ》について

男は知っている
しやつきりのびた女の
二本の脚《あし》の間で
一つの花が
はる
なつ
あき
ふゆ
それぞれの咲きようをするのを
男は透視者のように
それをズバリと云《い》う
女の脳天まで赤らむような
つよい声で

男はねがっている
好きな女が早く死んでくれろ　と
女が自分のものだと
なつとくしたいために

空の美しい冬の日に
うしろからやつてきて
こう云う
早く死ねよ
棺《かん》をかついでやるからな

男は急いでいる
青いあんずはあかくしよう
バラの蕾《つぼみ》はおしひらこう
自分の掌がふれると
女が熟しておちてくる　と
神エホバのように信じて
男の掌は
いつも脂《あぶら》でしめつている

メモ　女性詩人が特異な男性観を語った詩。身近にモデルがいたと思われる。三木卓によれば一九五八年頃、滝口雅子はハンサムな年下の共産党活動家に貢いでいた。
出典　『鋼鉄の足』書肆ユリイカ、一九六〇（昭和三十五）年三月。初出は『現代詩』第六巻第五号、一九五九（昭和三十四）年五月。

黒田三郎《くろださぶろう》

（一九一九—一九八〇）

それは

それは
信仰深いあなたのお父様《とうさま》を
絶望の谷につき落した
それは
あなたを自慢の種にしてゐた友達を
こつけいな怒りの虫にしてしまつた
それは
あなたの隣人達の退屈なおしやべりに
新しい嗤《わら》ひの渦をまきおこした
それは
善行と無智を積んだひとびとに
しかめつ面《つら》の競演をさせた
何といふざわめきが
あなたをつつんでしまつたらう
とある夕《ゆうべ》

木立《こだち》をぬける風のやうに
何があなたを
僕の腕のなかにつれて来たのか

メモ　妻多菊光子との出会いを語った詩。ダメ人間を自認していた黒田三郎にとって、恋人ができたことは、思いもよらぬ希望の誕生となった。ＮＨＫでの社内恋愛。

出典『ひとりの女に』昭森社、一九五四（昭和二十九）年六月。初出は『ＶＯＵ』第三十四号、一九五〇（昭和二十五）年一月。初出総題「詩三篇」。

もはやそれ以上《いじょう》

もはやそれ以上何を失《うしな》はうと
僕には失ふものとてはなかつたのだ
河《かわ》に舞ひ落ちた一枚の木の葉のやうに
流れてゆくばかりであつた

かつて僕は死の海をゆく船上で
ぼんやり空を眺めてゐたことがある
熱帯の島で狂死した友人の枕辺に

じつと坐つてゐたことがある
今は今で
たとへ白いビルディングの窓から
インフレの町を見下ろしてゐるにしても
そこにどんなちがつた運命があることか
運命は
屋上から身を投げる少女のやうに
僕の頭上に落ちてきたのである
もんどりうつて
死にもしないで
一体たれが僕を起してくれたのか
少女よ
そのとき
あなたがささやいたのだ
失ふものを
私があなたに差上げると

メモ　運命の女性との出会いを語った詩。敗戦後の捨鉢で自棄的な生活の中、突然希望が湧き出した驚きと戸惑いが描かれている。戦時中の黒田三郎はジャワ島勤務。

出典『ひとりの女に』昭森社、一九五四（昭和二十九）

年六月。初出は『VOU』第三十四号、一九五〇（昭和二十五）年一月。初出総題「詩三篇」。

僕《ぼく》はまるでちがつて

僕はまるでちがつてしまつたのだ
なるほど僕は昨日と同じネクタイをして
昨日と同じやうに貧乏で
昨日と同じやうに何にも取柄《とりえ》がない
それでも僕はまるでちがつてしまつたのだ
なるほど僕は昨日と同じ服を着て
昨日と同じやうに飲んだくれで
昨日と同じやうに不器用にこの世に生きてゐる
それでも僕はまるでちがつてしまつたのだ
ああ
薄笑ひやニヤニヤ笑ひ
口を歪《ゆが》めた笑ひや馬鹿笑ひのなかで
僕はじつと眼をつぶる
すると
僕のなかを明日の方へとぶ
白い美しい蝶がゐるのだ

メモ 恋愛詩。虚無主義からの精神的蘇りが語られている。日記に「世の中がまるでちがってしまった」とある。詩も「昨日と同じ」の反復から「明日」へと飛翔する。
出典 『ひとりの女に』昭森社、一九五四（昭和二十九）年六月。初出は『VOU』第三十四号、一九五〇（昭和二十五）年一月。初出総題「詩三篇」。

賭《か》け

五百万円の持参金付の女房を貰《もら》つたとて
貧乏人の僕がどうなるものか
ピアノを買つてお酒を飲んで
カーテンの陰で接吻《せつぷん》して
それだけのことではないか
美しく聡明で貞淑《ていしゆく》な奥さんを貰つたとて
飲んだくれの僕がどうなるものか
新しいシルクハットのやうにそいつを手に持つて
持てあます
それだけのことではないか

ああ
そのとき
この世がしんとしづかになつたのだつた
その白いビルディングの二階で
僕は見たのである
馬鹿さ加減が
丁度《ちょうど》僕と同じ位で
貧乏でお天気屋で
強情で
胸のボタンにはヤコブセンのバラ
ふたつの眼には不信心な悲しみ
ブドウの種を吐《は》き出すやうに
毒舌を吐き散らす
唇《くちびる》の両側に深いゑくぼ
僕は見たのである
ひとりの少女を

一世一代の勝負をするために
僕はそこで何を賭ければよかつたのか

ポケットをひつくりかへし
持参金付の縁談や
詩人の月桂冠《げっけいかん》や未払《みばらい》の勘定書《かんじょうしょ》
ちぎれたボタン
ありとあらゆるものを
つまみ出して
さて
財布をさかさにふつたつて
賭けるものが何もないのである
僕は
僕の破滅を賭けた
僕の破滅を
この世がしんとしづまりかへつてゐるなかで
僕は初心な賭博者のやうに
閉ぢてゐた眼をひらいたのである

メモ　結婚決意の詩。九州の資産家令嬢との縁談が持ち上がる中、良家出身の詩人は、敢えてＮＨＫの同僚光子の方に「賭け」た。父黒田勇吉は薩摩出身の海軍士官。
出典　『ひとりの女に』昭森社、一九五四（昭和二十九）年六月。初出は『詩学』第五巻第一号、一九五〇（昭和

二十五）年一月。再録は『近代文学』第五巻第五号、一九五〇年五月。

そこにひとつの席《せき》が

そこにひとつの席がある
僕は左側に
「お坐り」
いつでもさう言へるやうに
僕の左側に
いつも空いたままで
ひとつの席がある

恋人よ
霧の夜にたつた一度だけ
あなたがそこに坐つたことがある
あなたには父があり母があつた
あなたにはあなたの属する教会があつた
坐つたばかりのあなたを
この世の掟《おきて》が何と無雑作《むぞうさ》に引立てて行つたことか

あなたはこの世で心やさしい娘であり
つつましい信徒でなければならなかつた
恋人よ
どんなに多くの者であなたはなければならなかつたらう
そのあなたが一夜
掟の網を小鳥のやうにくぐり抜けて
僕の左側に坐りに来たのだつた

一夜のうちに
僕の一生はすぎてしまつたのであらうか
ああ　その夜以来
昼も夜も僕の左側にいつも空いたままで
ひとつの席がある
僕は徒《いたず》らに同じ言葉をくりかへすのだ
「お坐り」
そこにひとつの席がある

メモ　婚約者との一夜を語った詩。「ひとつの」は大切なの意。黒田三郎はこの詩を恋文に同封したが、贈ったはずの詩を手元にも残し発表したことに、妻は怒った。
出典『ひとりの女に』昭森社、一九五四（昭和二十九）年六月。初出は『VOU』第三十三号、一九四九（昭和二十四）年十月。初出総題「詩三篇」。

夕方《ゆうがた》の三十分《さんじっぷん》

コンロから御飯をおろす
卵を割ってかきまぜる
合間にウィスキイをひと口飲む
折紙で赤い鶴を折る
ネギを切る
一畳に足りない台所につっ立ったままで
夕方の三十分

僕は腕のいい女中で
酒飲みで
オトーチャマ
小さなユリの御機嫌とりまで
いっぺんにやらなきゃならん
半日他人の家で暮したので
小さなユリはいっぺんにいろんなことを言う

「ホンヨンデェ　オトーチャマ」
「コノヒモホドイテェ　オトーチャマ」
「ココハサミデキッテェ　オトーチャマ」
卵焼をかえそうと
一心不乱のところに
あわててユリが駈《か》けこんでくる
「オシッコデルノー　オトーチャマ」
だんだん僕は不機嫌になってくる

味《あじ》の素《もと》をひとさじ
フライパンをひとゆすり
ウィスキイをがぶりとひと口
だんだん小さなユリも不機嫌になってくる
「ハヤクココキッテヨォ　オトー」
「ハヤクー」
癇癪《かんしゃく》もちの親爺《おやじ》が怒鳴る

「自分でしなさい　自分でェ」
癇癪もちの娘がやりかえす
「ヨッパライ　グズ　ジジイ」
親爺が怒って娘のお尻を叩く
小さなユリが泣く
大きな大きな声で泣く

それから
やがて
しずかで美しい時間が
やってくる
親爺は素直にやさしくなる
小さなユリも素直にやさしくなる
食卓に向い合ってふたり坐る

メモ　妻入院中の父娘の親密な生活を描いた。「赤い鶴を折る」に注目。NHKで朗読の際、同考査室勤務の黒田三郎は、女中・味の素をコック・科学調味料に改めた。
出典　『小さなユリと』昭森社、一九六〇（昭和三十五）年五月。初出は『ユリイカ』第二巻第十号、一九五七（昭和三十二）年十月。再録は『荒地詩集 1957』荒地出版社、一九五七年十月。

秋《あき》の日《ひ》の午後《ごご》三時《さんじ》

不忍池《しのばずのいけ》のほとりのベンチに坐って
僕はこっそりポケットウィスキイの蓋《ふた》をあける
晴衣《はれぎ》を着た小さなユリは
白い砂の上を真直《まっす》ぐに駈《か》け出してゆき
円を画《えが》いて帰ってくる

遠くであしかが頓狂《とんきょう》な声で鳴く
「クワックワックワッ」
小さなユリが真似《まね》ながら帰ってくる
秋の日の午後三時
向岸《むこうぎし》のアヒルの群れた辺《あた》りにまばらな人影《ひとかげ》

遠くの方で微《かす》かに自動車の警笛《けいてき》の音
すべては遠い
遠い遠い世界のように
白い砂の上に並んだふたつの影を僕は見る
勤めを怠けた父親とその小さな娘の影を

メモ　自由閑寂な境地の詩。飲酒し寛ぐ欠勤者黒田三郎は、白砂上で外界音を聞きつつ現実感覚を喪失した。妻入院中の昭和三十年秋か。長女ユリは昭和二十六年生れ。
出典　『小さなユリと』昭森社、一九六〇（昭和三十五）年五月。初出未詳。

紙風船《かみふうせん》

落ちて来たら
今度は
もっと高く
もっともっと高く
何度でも
打ち上げよう
美しい
願いごとのように

メモ　希望や理想の詩。初出で詩は口絵写真に添えられていた。「今度」「何度」「もっと」の頭韻で、紙風船のはかない印象を肯定的に転換。バス車内で短時間に制作。
出典　『もっと高く』思潮社、一九六四（昭和三十九）

年七月。初出は『婦人生活』第十四巻第六号、一九六〇（昭和三十五）年六月。初出は無題。再録は『詩学』第十六巻第六号、一九六一（昭和三十六）年五月。再録総題「習作五篇」。

海《うみ》

駆《か》け出し
叫び
笑い
手をふりまわし
砂を蹴《け》り
飼いならされた
小さな心を
海は
荒々しい自然へ
かえしてくれる

メモ　浜辺の解放感を語った作品。五例の動詞をたたみかけ、高ぶる感情を表現した。海は理想化されている。詩「もはやそれ以上」の戦時下の「死の海」と好対照。

出典『もっと高く』思潮社、一九六四（昭和三十九）年七月。初出は『婦人生活』第十四巻第六号、一九六〇（昭和三十五）年六月。初出は無題。再録は『詩学』第十六巻第六号、一九六一（昭和三十六）年五月。再録総題「習作五篇」。

死《し》のなかに

死のなかにいると
僕等《ら》は数でしかなかった
臭《にお》いであり
場所ふさぎであった
死はどこにでもいた
死があちこちにいるなかで
僕等は水を飲み
カアドをめくり
襟《えり》の汚れたシャツを着て
笑い声を立てたりしていた
死は異様なお客ではなく

仲のよい友人のように
無遠慮に食堂や寝室にやって来た
床には
ときに
喰べ散らした魚の骨の散っていることがあった
月の夜に
馬酔木《あせび》の花の匂いのすることもあった

戦争が終ったとき
パパイアの木の上には
白い小さい雲が浮いていた
戦いに負けた人間であるという点で
僕等はお互いを軽蔑しきっていた
それでも
戦いに負けた人間であるという点で
僕等はちょっぴりお互いを哀れんでいた
酔漢やペテン師
百姓や錠前《じょうまえ》屋《や》
偽善者や銀行員
大喰いや楽天家

いたわりあったり
いがみあったりして
僕等は故国へ送り返される運命をともにした
引揚船が着いたところで
僕等は
めいめいに切り放された運命を
帽子のようにかるがると振って別れた
あいつはペテン師
あいつは百姓
あいつは銀行員

一年はどのようにたったであろうか
そして
二年
ひとりは
昔の仲間を欺《あざむ》いて金を儲《もう》けたあげく
酔っぱらって
運河に落ちて
死んだ
ひとりは
乏しいサラリイで妻子を養いながら
五年前の他愛もない傷がもとで
死にかかっている
ひとりは

その
ひとりである僕は
東京の町に生きていて
電車の吊皮《つりかわ》にぶら下《さが》っている
すべての吊皮に
僕の知らない男や女がぶら下っている
僕のお袋である元大佐夫人は
故郷で
栄養失調で死にかかっていて
死をなだめすかすためには
僕の二九二〇円では
どうにも足りぬのである
死　死　死
死は金のかかる出来事である
僕の知らない男や女が吊皮にぶら下っているなかで

僕も吊皮にぶら下り
魚の骨の散っている床や
馬酔木の花の匂いのする夜を思い出すのである
そして
さらに不機嫌になって吊皮にぶら下っているのを
だれも知りはしないのである

メモ 死と紙一重の戦中戦後の苦境を語った詩。南洋興発社員黒田三郎は、ジャワ島勤務後に陸軍現地招集。精神的荒廃が顕著だが、熱帯の花の香の記憶が救いである。
出典 『時代の囚人』昭森社、一九六五（昭和四十）年十月。初出は『サンドル』第一巻第五号、一九四八（昭和二十三）年十月。初出題名「死の中に」。再録は『荒地詩集1951』早川書房、一九五一（昭和二十六）年八月。再録題名「死の中に」。再再録は『現代詩手帖』第四巻第一号、一九六一（昭和三十六）年一月。再再録題名「死のなかに」。四録は『詩学』第十八巻第八巻、一九六三（昭和三十八）年八月。四録題名「死の中に」。

ある日《ひ》ある時《とき》

秋の空が青く美しいという
ただそれだけで
何かしらいいことがありそうな気のする
そんなときはないか
空高く噴き上げては
むなしく地に落ちる噴水の水も
わびしく梢《こずえ》をはなれる一枚の落葉さえ
何かしら喜びに踊っているように見える
そんなときが

メモ 世界が全て美しく見える瞬間を語った詩。上昇と下降の対比がある。心が沈みがちな日々に訪れた、一瞬の輝きである。噴水は萩原朔太郎の作品を連想させる。
出典 『ある日ある時』昭森社、一九六八（昭和四十三）年九月。初出未詳。

吉《よし》岡《おか》実《みのる》（一九一九―一九九〇）

静物《せいぶつ》

夜の器《うつわ》の硬い面の内で
あざやかさを増してくる
秋のくだもの
りんごや梨やぶだうの類
それぞれは
かさなつたままの姿勢で
眠りへ
ひとつの諧調へ
大いなる音楽へと沿うてゆく
めいめいの最も深いところへ至り
核はおもむろによこたはる
そのまはりを
めぐる豊かな腐爛《ふらん》の時間
いま死者の歯のまへで
石のやうに発しない
それらのくだものの類は
いよいよ重みを加へる
深い器のなかで
この夜の仮象の裡《うち》で
ときに
大きくかたむく

メモ　死に向かう緩やかな時間経過を描く暗喩の詩。西洋の写実的静物画を連想させる。万物凋落の秋の夜を背景とし、硬軟・動静の対比がある。九種もの動詞を使用。

出典　『静物』私家限定版、一九五五（昭和三十）年八月。初出同上。

宗《そう》左《さ》近《こん》　（一九一九—二〇〇六）

炎《も》える母《はは》　（走っている その夜 14）

（二十行省略）
走っている走っている
走っているものを追いぬいて
走っているものを突きぬけて
走っているものが走っている
走っている
走って

いないものは
いない
走っていないものは
走っていない
走っているものは
走って

走って
走って
いるものが
走っていない
いない
走って
いたものが
走っていない
いない
いるものが

いない

母よ

いない
母がいない
走っている走っていた走っている
母がいない

母よ

走っている
わたし

母よ

走っている
わたしは
走っている
走っていないで
いることができない　（以下略）

メモ　三百頁弱の長編詩「炎える母」の一部分。昭和二十年五月二十五日の東京空襲で、宗左近は母を見失っても逃げ続けるしかなかった。詩人は罪の意識と向き合う。
出典『炎える母』彌生書房、一九六七（昭和四十二）年十月。初出未詳。

中《なか》桐《ぎり》雅《まさ》夫《お》

（一九一九—一九八三）

ちいさな遺書《いしょ》

わが子よ、わたしが死んだ時には思いだしておくれ、
酔いしれて何もかもわからなくなりながら
涙を浮べて、お前の名を高く呼んだことを、
また思いだしておくれ、恥辱と悔恨《かいこん》の三十年に
堪《た》えてきたのはただお前のためだったことを。

わが子よ、わたしが死んだ時には忘れないでおくれ、
二人の恐怖も希望も、慰めも目的も、
みなひとつ、二人でそれをわけあってきたことを、
胸にはおなじあざを持ち、また
おなじ薄い眉《まゆ》をしていたことを忘れないでおくれ。

わが子よ、わたしが死んだ時には泣かないでおくれ、
わたしの死はちいさな死であり、
四千年も昔からずっと死んでいた人がいるのだから、
泣かないで考えておくれ、引出しのなかに
忘れられた一箇《いっこ》の古いボタンの意味を。

わが子よ、わたしが死んだ時には微笑《ほほえ》んでおくれ、
わたしの肉体は夢のなかでしか眠れなかった、
わたしは死ぬまでは存在しなかったのだから、
わたしの屍体《したい》は影の短かい土地に運んで天日《てんぴ》にさ
　らし、
飢えて死んだ兵士のように骨だけを光らせておくれ。

メモ　分身たる娘泰子に呼びかけた、懇願調の感傷的な詩。初出時の中桐雅夫は三十七歳。作品には挫折感が漂う。背景は未詳。有島武郎「小さき者へ」も連想される。
出典『中桐雅夫詩集』思潮社、一九六四（昭和三十九）年十二月。初出は『ユリイカ』第一巻第三号、一九五六年十二月。

（昭和三十二）年十二月。

日課《にっか》

三時間、あと三時間しか生きられないとわかったら、
ときどき、大きな息をするだろうな、
薄紅の爪《つめ》の色でもじっと見ているだろうかな、
うろたえたりしなければいいがな。

三箇月《さんかげつ》、あと三箇月生きているとわかったら、
朝の牛乳を飲んでからカレンダーをめくる、
それが日課のひとつになるだろうな、
だれかに手紙を書くひまもあるな。

三年、あと三年生きられるとわかったら、
いままでに読んだ本を読み返して、
もう一度、おなじ青春を経験するのがいい。

その間は、人にやさしくしような。
夜の酒もほろ酔い程度にして、

日に三時間は、詩を書いていたいな。

メモ　余命の生き方を語ったソネット風十四行詩。死からの逆算思考である。妻中桐文子『美酒すこし』によれば、詩人は一か月間泥酔し、本の上に倒れて死んでいた。
出典　『会社の人事』晶文社、一九七九（昭和五十四）年十月。初出未詳。

会社《かいしゃ》の人事《じんじ》

「絶対、次期支店次長ですよ、あなたは」
顔色をうかがいながらおべっかを使う、
いわれた方は相好《そうごう》をくずして、
「まあ、一杯やりたまえ」と杯《さかずき》をさす。

「あの課長、人の使い方を知らんな」
「部長昇進はむりだという話だよ」
日本中、会社ばかりだから、
飲み屋の話も人事のことばかり。

やがて別れてみんなひとりになる、

早春の夜風がみんなの頬《ほお》をなでていく、
酔いがさめてきて寂しくなる、
煙草《たばこ》の空箱《あきばこ》や小石をけとばしてみる。
子供のころには見る夢があったのに
会社にはいるまでは小さい理想もあったのに。

メモ　中年サラリーマンの悲哀の詩。ソネット風十四行詩である。「早春」は人事異動発表時期。「小石」「小さい」と小が強調される。中桐雅夫は読売新聞社に勤めた。

出典　『会社の人事』晶文社、一九七九（昭和五十四）年十月。初出未詳。

関根弘《せきねひろし》（一九二〇―一九九四）

なんでも一番《いちばん》

凄《すご》い！
こいつはまったくたまらない
せっかくきたのに
摩天楼もみえぬ
なにがなんだか五里霧中
その筈《はず》！
アメリカはなんでも一番
霧もロンドンより深い
嘘だと思う？
職業安定所へ
行って
試してみろ！
紐育《ニューヨーク》では
霧を
シャベルで
運んでいる！

メモ　英国に代わる覇権国家アメリカを諷刺した詩。当時日本は連合軍占領下にあった。ニューヨークでは失業者救済のため霧運びの仕事を斡旋している、という設定。

出典　『絵の宿題』建民社、一九五三（昭和二十八）年七月。初出は『解放』第一号、一九五一（昭和二十六）年七月。再録は『新日本文学』第六巻第十号、一九五一年十月。

女《おんな》の自尊心《じそんしん》にこうして勝《か》つ

黙ってでて行くならば
黙って見送れ！

心を
読むべき本
書くべき原稿に
　　　　　向け変えて
文字を読む機械の壊れにきずいたら
彼女の怒りは
君の怒りでもある証拠だ！

怒りは
しばらく寝ころんでいてもよいが
やがてたちあがり
つぎのことを実行に移せ！
家のなかの汚れもの
すべてを集め

　　　　　　掃除機となり
　　　　　　洗濯機となれ！
彼女の下着類にいたるまで
むろん自分のも
タライのなかにぶちこみ
一箇《いっこ》の洗濯会社の従業員となることで
満足しろ！

物干竿《ものほしざお》に
吊《つ》り下げられた
　　　　　すべては
ときをえて
風に翻《ひるが》える
……そのときから
T型シャツ
スリップ
パンツ
エプロン
ストッキング

それらはもはや
生活の抜殻《ぬけがら》ではない！
それは君の旗——
　洗濯会社の
　プロレタリアートの旗である

ながい沈黙の夜が明けて
彼女の自尊心は君に語るだろう
アタシ昨日ハジメテ
アナタノ立派サガワカリマシタワ
アタシトテモ資格ガナイヨウデス

メモ　同棲相手江畑友子との喧嘩を題材にした詩。自分で家事をするうちに、女は反省して帰ってくると言う。『針の穴とラクダの夢』によれば、実際は関係が破綻した。

出典　『死んだ鼠』飯塚書店、一九五七（昭和三十二）年十二月。初出は『新日本文学』第十巻第十一号、一九五五（昭和三十）年十一月。

レインコートを失《な》くす

いつも
柱にかかっているのに！
どこへやったか？
捨ててきたといったじゃないの　昨夜。

記憶のみちは
霧のながれるまち
ムザンに検閲できられたフィルム。
酒場の椅子
　自動車のクッション
　　道の真ん中
記憶は立ちどまれない
海の上の蝶。

あれはどこかにいるのさ。
背景のない舞台で
スポットをあび
役者のようにうずくまっている。
アウシュヴィッツで
殺されたユダヤ人の眼鏡のように

ぼくからきり離されて。

メモ　酔ってレインコートを紛失した話。遺失物が何の暗喩かは不明。関根弘は左翼詩人。「検閲」「海の上の蝶」「役者」「ユダヤ人の眼鏡」等の比喩が秀逸である。
出典　『死んだ鼠』飯塚書店、一九五七（昭和三十二）年十二月。初出未詳。

この部屋《へや》を出《で》てゆく

この部屋を出てゆく
ぼくの時間の物指しのある部屋を

書物を運びだした
机を運びだした
衣物を運びだした
その他ガラクタもろもろを運びだした
ついでに恋も運びだした

時代おくれになつた
炬燵《こたつ》や
瀬戸火鉢《ひばち》
を残してゆく
だがぼくがかなしいのはむろん
そのためじやない
大型トラックを頼んでも
運べない思い出を
いつぱい残してゆくからだ

がらん洞になつた部屋に
思い出をぜんぶ置いてゆく
けれどもぼくはそれをまた
かならず
とりにくるよ
大家《おおや》さん！

メモ　日本共産党除名の詩。部屋は党の暗喩。常子との新生活のため、詩人は一九六一年に新宿・柏木から百人町へ転居。同年四月、暴力革命論者関根弘は除名された。
出典　『約束したひと』思潮社、一九六三（昭和三十八）年六月。初出は『新日本文学』第十六巻第六号、一九六一（昭和三十六）年六月。

石垣《いしがき》りん

（一九二〇—二〇〇四）

私《わたし》の前《まえ》にある鍋《なべ》とお釜《かま》と燃《も》える火《ひ》と

それはながい間
私たち女のまえに
いつも置かれてあつたもの、

自分の力にかなう
ほどよい大きさの鍋や
お米がぷつぷつとふくらんで
光り出すに都合のいい釜や
劫初《ごうしょ》からうけつがれた火のほてりの前には
母や、祖母や、またその母たちがいつも居た。

その人たちは
どれほどの愛や誠実の分量を
これらの器物にそそぎ入れたことだろう、
ある時はそれが赤いにんじんだつたり
くろい昆布だつたり
たたきつぶされた魚だつたり

台所では
いつも正確に朝昼晩への用意がなされ
用意のまえにはいつも幾たりかの
あたたかい膝や手が並んでいた。

ああその並ぶべきいくたりかの人がなくて
どうして女がいそいそと炊事など
繰り返せたろう？
それはたゆみないいつくしみ
無意識なまでに日常化した奉仕の姿。

炊事が奇《く》しくも分けられた
女の役目であつたのは
不幸なこととは思われない、
そのために知識や、世間での地位が
たちおくれたとしても
おそくはない

私たちの前にあるものは
鍋とお釜と、燃える火と

それらなつかしい器物の前で
お芋や、肉を料理するように
深い思いをこめて
政治や経済や文学も勉強しよう、

それはおごりや栄達のためでなく
全部が
人間のために供せられるように
全部が愛情の対象あつて励むように。

メモ 急進的女権拡張論者を批判した詩。一部の活動家は、社会的地位を求めるあまり、炊事を奴隷労働と見なした。一方石垣りんは、食こそが生の本質だと主張する。

出典 『私の前にある鍋とお釜と燃える火と』書肆ユリイカ、一九五九（昭和三十四）年十二月。初出は『職組時評 女子版（日本興業銀行職員組合）』第一一二号、一九五二（昭和二十七）年二月十四日。初出題名「私の前にある鍋とお釜と燃ゆる火と」。再録は『銀行員の詩集 1952 年版』全国銀行従業員組合連合会文化部、一九五二年五月。再録題名「私の前にある鍋とお釜と燃ゆる火と」。

屋根《やね》

日本の家は屋根が低い
貧しい家ほど余計に低い、

その屋根の低さが
私の背中にのしかかる。

この屋根の重さは何か
十歩はなれて見入れば
家の上にあるもの
天空の青さではなく
血の色の濃さである。

私をとらえて行く手をはばむもの
私の力をその一軒の狭さにとぢこめて
費消させるもの、

病父は屋根の上に住む
義母は屋根の上に住む
きょうだいもまた屋根の上に住む。

風吹けばぺこりと鳴る
あのトタンの
吹けば飛ぶばかりの
せいぜい十坪程の屋根の上に、
みれば
大根ものつている
米ものつている
そして寝床のあたたかさ。

負えという
この屋根の重みに
女、私の春が暮れる
遠く遠く日が沈む。

メモ　三十代独身女性の嘆き節。実家暮らしの石垣りん

は、一人で親族を経済的に支える立場に陥った。終りは見えない。詩人が家を出たのは五十歳。生涯未婚だった。

出典『私の前にある鍋とお釜と燃える火と』書肆ユリイカ、一九五九（昭和三十四）年十二月。初出は『現代詩』第一巻第一号、一九五四（昭和二十九）年七月。再録は『銀行員の詩集 1954 年版』全国銀行従業員組合連合会文化部、一九五四年七月。

用意《ようい》

それは凋落《ちょうらく》であろうか
百千の樹木がいつせいに満身の葉を振り落すあのさかんな行為

太陽は澄んだ瞳を
身も焦《こ》がさんばかりに灑《そそ》ぎ
風は枝にすがつてその衣をはげと哭《な》く

そのとき、りんごは枝もたわわにみのり
ぶどうの汁は、つぶらな実もしたたるばかりの甘さ

に重くなるのだ

秋
ゆたかなるこの秋
誰が何を惜しみ、何を悲しむのか
私は私の持つ一切をなげうつて
大空に手をのべる
これが私の意志、これが私の願いのすべて！

空は日毎に深く、澄み、光り
私はその底ふかくつきささる一本の樹木となる

それは凋落であろうか、

いつせいに満身の葉を振り落す
あのさかんな行為は――

私はいまこそ自分のいのちを確信する
私は身内ふかく、遠い春を抱く
そして私の表情は静かに、冬に向かつてひき緊《しま》る。

メモ　樹木の落葉に託して、人生の冬に備える覚悟を述べた詩。希望の春を思いつつ、余分なものを捨て去る決意表明である。詩作や組合活動を念頭に置いたものか。
出典『私の前にある鍋とお釜と燃える火と』書肆ユリイカ、一九五九（昭和三十四）年十二月。初出は『時間』第二巻第一号、一九五一（昭和二十六）年一月。再録は『銀行員の詩集 1951年版』全国銀行従業員組合連合会文化部、一九五一年七月。

シジミ

夜中に目をさました。
ゆうべ買つたシジミたちが
台所のすみで
口をあけて生きていた。

「夜が明けたら
ドレモコレモ
ミンナクツテヤル」

鬼ババの笑いを

私は笑つた。
それから先は
うつすら口をあけて
寝るよりほかに私の夜はなかつた。

メモ 食い食われる獣としての人間。その悲哀の詩。口を開けたシジミと詩人は相似形。貝を食う「鬼ババ」石垣りんも、人生を家族や会社に食われる運命にある。
出典 『表札など』思潮社、一九六八（昭和四十三）年十二月。初出は『新日本文学』第二十三巻第十二号、一九六八年十二月。

表札《ひょうさつ》

自分の住むところには
自分で表札を出すにかぎる。

自分の寝泊りする場所に
他人がかけてくれる表札は
いつもろくなことはない。

病院へ入院したら
病室の名札には石垣りん様と
様が付いた。

旅館に泊つても
部屋の外に名前は出ないが
やがて焼場《やきば》の鑵《かま》にはいると
とじた扉の上に
石垣りん殿と札《ふだ》が下がるだろう
そのとき私がこばめるか？

様も
殿も
付いてはいけない、

自分の住む所には
自分の手で表札をかけるに限る。

精神の在《あ》り場所も
ハタから表札をかけられてはならない

石垣りん
それでよい。

メモ　独立自尊の詩。自己決定権喪失の危機を語った。「立場のある詩」によれば、左派政党から立候補の打診があったようだ。この頃、宗教の勧誘にも困惑していた。
出典　『表札など』思潮社、一九六八（昭和四十三）年十二月。初出は『詩と批評』第一巻第五号、一九六六（昭和四十一）年九月。再録は『詩と批評』第二巻第二号、一九六七（昭和四十二）年三月。

くらし

食わずには生きてゆけない。
メシを
野菜を
肉を
空気を
光を
水を
親を
きょうだいを
師を
金もこころも
食わずには生きてこれなかつた。
ふくれた腹をかかえ
口をぬぐえば
台所に散らばつている
にんじんのしつぽ
鳥の骨
父のはらわた
四十《よんじゅう》の日暮れ
私の目にはじめてあふれる獣《けもの》の涙。

メモ　動物としての人間、その悲しみの詩。生き物を食い、人の犠牲の上に生きざるを得ない悲痛の涙である。山之口貘「喰人種」に触発されたか。四十代後半の作。
出典　『表札など』思潮社、一九六八（昭和四十三）年十二月。初出は『歴程』第一一七号、一九六八年六月。再録は『詩と批評』第三巻第十二号、一九六八年十二月。

幻《まぼろし》の花《はな》

庭に
今年の菊が咲いた。
子供のとき、
季節は目の前に
ひとつしか展開しなかつた。

今は見える
去年の菊。
おととしの菊。
十年前の菊。

遠くから
まぼろしの花たちがあらわれ
今年の花を
連れ去ろうとしているのが見える。
ああこの菊も！
そうして別れる

私もまた何かの手にひかれて。

メモ　無常迅速を嘆いた詩。谷川俊太郎「ネロ」、高田敏子「橋」の影響がある。菊は葬式の花。若年期に家族と次々に死別した石垣りんには、葬儀の詩が多い。

出典　『表札など』思潮社、一九六八（昭和四十三）年十二月。初出1は『十勝毎日新聞』一九六三（昭和三十八）年十月二十日。初出1題名「菊」。初出2は『鹿児島新報』一九六三年十月二十七日。初出2題名「菊」。初出3は『伊勢新聞』一九六三年十一月一日。初出3無題。初出4は『いはらき（茨城新聞）』一九六三年十一月三日。初出4題名「菊」。

崖《がけ》

戦争の終り、
サイパン島《とう》の崖の上から
次々に身を投げた女たち。

美徳やら義理やら体裁やら
何やら。
火だの男だのに追いつめられて。

とばなければならないからとびこんだ。
ゆき場のないゆき場所。
（崖はいつも女をまつさかさまにする）

それがねえ
まだ一人も海にとどかないのだ。
十五年もたつというのに
どうしたんだろう。
あの、
女。

メモ　身の上を語った詩。サイパン玉砕は比喩。東京空襲の「火」により、詩人は親族唯一の稼ぎ手となった。女大黒柱の「義理」を守って「十五年」。終りは見えない。
出典　『表札など』思潮社、一九六八（昭和四十三）年十二月。初出は『無限』第七号、一九六一（昭和三十六）年四月。初出題名「話」。

貧《まず》しい町《まち》

一日働いて帰ってくる、
家の近くのお惣菜屋《そうざいや》の店先《みせさき》は
客もとだえて
売れ残りのてんぷらなどが
棚の上に　まばらに残っている。

そのように
私の手もとにも
自分の時間、が少しばかり
残されている。
疲れた　元気のない時間、
熱のさめたてんぷらのような時間。

お惣菜屋の家族は
今日も店の売れ残りで
夕食の膳《ぜん》をかこむ。
私もくたぶれた時間を食べて
自分の糧《かて》にする。

それにしても

私の売り渡した
一日のうち最も良い部分、
生きのいい時間、
それらを買つて行つた昼間の客は
今頃どうしているだろう。
町はすつかり夜である。

メモ　時間の詩。庶民は時間を売る。富者は時間を買う。時は金なり。時間は人生である。自分らしく生きられない貧しい生活を、処分在庫の惣菜に託して語った。
出典『表札など』思潮社、一九六八（昭和四十三）年十二月。初出1は『鹿児島新報』一九六三（昭和三十八）年三月六日。初出1題名「貧しい街」。初出2は『スポーツニッポン』一九六三年三月二十二日夕刊。初出2題名「貧しい街」。初出3は『いはらき（茨城新聞）』一九六三年四月十日。初出3題名「貧しい街」。

儀式《ぎしき》

母親は
白い割烹着《かっぽうぎ》の紐《ひも》をうしろで結び
板敷《いたじき》の台所におりて

流しの前に娘を連れてゆくがいい。
洗い桶《おけ》に
木の香のする新しいまないたを渡し
鰹《かつお》でも
鯛《たい》でも
鰈《かれい》でも
よい。
丸ごと一匹の姿をのせ
よく研《と》いだ庖丁《ほうちょう》をしっかり握りしめて
力を手もとに集め
頭をブスリと落すことから
教えなければならない。
その骨の手応《てごた》えを
血のぬめりを
成長した女に伝えるのが母の役目だ。
パッケージされた肉の片々《へんぺん》を材料と呼び
料理は愛情です、
などとやさしく諭《さと》すまえに。

長い間
私たちがどうやって生きてきたか。
どうやってこれから生きてゆくか。

メモ　生活の本質を語った詩。命を奪い、命を食うことで、人間は命を繋ぐ。魚を切断する「料理」は、その「儀式」である。自覚なき綺麗事を、詩人は断固拒否する。
出典　『略歴』花神社、一九七九（昭和五十四）年五月。初出は『婦人之友』第六十七巻第九号、一九七三（昭和四十八）年九月。

定年《ていねん》

ある日
会社がいった。
「あしたからこなくていいよ」
人間は黙っていた。
人間には人間のことばしかなかったから。
会社の耳には
会社のことばしか通じなかったから。
人間はつぶやいた。
「そんなこといって！
もう四十年も働いて来たんですよ」
人間の耳は
会社のことばをよく聞き分けてきたから。
会社が次にいうことばを知っていたから。
「あきらめるしかないな」
人間はボソボソつぶやいた。
たしかに
はいった時から
相手は会社、だった。
人間なんていやしなかった。

メモ　日本興業銀行定年退職の詩。昭和の人石垣りんは、企業の人間性を疑いつつも、会社を擬人化してしまう。昭和の銀行は小卒女性を五十五歳まで雇い切った。

出典　『略歴』花神社、一九七九（昭和五十四）年五月。
初出は『民主文学』第一二二号、一九七六（昭和五十一）年一月。

空《そら》をかついで

肩は
首の付け根から
なだらかにのびて。
肩は
地平線のように
つながって。
人はみんなで
空をかついで
きのうからきょうへと。
子どもよ
おまえのその肩に
おとなたちは
きょうからあしたを移しかえる。
この重たさを
この輝きと暗やみを
あまりにちいさいその肩に。
少しずつ
少しずつ。

メモ　人生回顧の詩。「空」は社会や家族の暗喩。気づけば一族を養う重責を負わされていた若き日に、詩人は思いを致す。「子ども」は自分自身。石垣りんは生涯未婚。
出典　『略歴』花神社、一九七九（昭和五十四）年五月。
初出は『幼年時代』第一巻第一号、一九七七（昭和五十二）年四月。

洗剤《せんざい》のある風景《ふうけい》

夕暮れの日本海は曇天《どんてん》の下
目いっぱいの広がりで
陸地へと押し寄せていた。
列車は北へ向かって走っていた。
ふと速度が落ち
線路脇に建つ家の裏手をかすめる。
台所らしい部屋のあかり

窓際に洗剤が一本
小さな灯台のように立っていた。
大波が来たら家もろとも
たちまちさらわれそうな岸辺に。
何というはるかな景色だったろう
――あそこに人間の暮らしがある。
乳白色《にゅうはくしょく》のさびしい容器を遠目に
私はその先の旅を続ける。

メモ　人生の本質を語った詩。非日常の旅先で、詩人は台所洗剤を目にする。人は食べるために調理し、皿を洗い続けて来た。その営みこそが、人類の遥かな旅である。

出典　『やさしい言葉』花神社、一九八四（昭和五十九）年四月。初出は『女性のひろば』第四十一号、一九八二（昭和五十七）年七月。

鮎川信夫《あゆかわのぶお》

（一九二〇―一九八六）

死《し》んだ男《おとこ》

たとえば霧や
あらゆる階段の跫音《あしおと》のなかから、
遺言執行人が、ぼんやりと姿を現す。
――これがすべての始まりである。

遠い昨日……
ぼくらは暗い酒場の椅子のうえで、
ゆがんだ顔をもてあましたり
手紙の封筒を裏返すようなことがあつた。
「実際は、影も、形もない？」
――死にそこなつてみれば、たしかにそのとおりで
　あつた。

Mよ、昨日のひややかな青空が
剃刀《かみそり》の刃にいつまでも残つているね。
だがぼくは、何時何処《いつどこ》で
きみを見失つたのか忘れてしまつたよ。
短かかつた黄金時代――
活字の置き換えや神様ごつこ――

「それが、ぼくたちの古い処方箋だつた」と呟《つぶや》いて
……
いつも季節は秋だつた、昨日も今日も、
「淋しさの中に落葉がふる」
その声は人影へ、そして街へ、
黒い鉛の道を歩みつづけてきたのだつた。

埋葬の日は、言葉もなく
立会う者もなかつた、
憤激も、悲哀も、不平の柔弱な椅子もなかつた。
空にむかつて眼をあげ
きみはただ重たい靴のなかに足をつつこんで静かに
　横《よこた》わつたのだ。
「さよなら、太陽も海も信ずるに足りない」
Mよ、地下に眠るMよ、
きみの胸の傷口は今でもまだ痛むか。

メモ　ビルマで戦病死した友人森川義信追悼の詩。霧・階段・椅子など、森川の詩句を引用し、生前の交友を回想する。「傷口」の背景に、谷恵子との三角関係があった。

出典　『鮎川信夫詩集 1945-1955』荒地出版社、一九五五（昭和三十）年十一月。初出は『純粋詩』第二巻第一号、一九四七（昭和二十二）年一月。再録は『荒地詩集1951』早川書房、一九五一（昭和二十六）年八月。

繋船《けいせん》ホテルの朝《あさ》の歌《うた》

ひどく降りはじめた雨のなかを
おまえはただ遠くへ行こうとしていた
悲しみの街をすてて
とおくの土地へ行こうとしていた
おまえの濡れた肩を抱きしめたとき
なまぐさい夜風の街が
おれには港のように思えたのだ
船室の灯のひとつひとつを
可憐な魂のノスタルジアにともして
巨大な黒い影が波止場にうずくまつている
おれはずぶ濡れの悔恨《かいこん》をすてて
とおい航海に出よう
背負い袋のようにおまえをひつかついで

航海に出ようとおもつた
電線のかすかな唸《うな》りが
海を飛んでゆく耳鳴りのようにおもえた

おれたちの夜明けには
疾走する鋼鉄の船が
青い海のなかに二人の運命をうかべているはずであつた

ところがおれたちは
何処《どこ》へも行きはしなかつた
安ホテルの窓から
おれは明けがたの街にむかつて唾《つば》をはいた
疲れた重たい瞼《まぶた》が
灰色の壁のように垂《た》れてきて
おれとおまえのはかない希望と夢を
ガラスの花瓶に閉じこめてしまつたのだ
折れた埠頭のさきは
花瓶の腐つた水のなかで溶けている
なんだか眠りたりないものが
厭《いや》な匂いの薬のように澱《よど》んでいるばかりであつた

だが昨日の雨は
いつまでもおれたちのひき裂かれた心と
ほてつた肉体のあいだの
空虚なメランコリイの谷間にふりつづいている

おれたちはおれたちの神を
おれたちのベッドのなかで締め殺してしまつたのだろうか
おまえはおれの責任について
おれはおまえの責任について考えている
おれは慢性胃腸病患者のだらしないネクタイをしめ
おまえは禿鷹《はげたか》風《ふう》に化粧した小さな顔を
猫背のうえに乗せて
朝の食卓につく
ひびわれた卵のなかの
なかば熟しかけた未来にむかつて
おまえは愚劣な謎をふくんだ微笑を浮べてみせる
おれは憎悪のフォークを突き刺し
ブルジョア的な姦《かん》通《つう》事件の
あぶらぎつた一皿を平《たい》げたような顔をする

窓の風景は
額縁《がくぶち》のなかに嵌《は》めこまれている
ああ　おれは雨と街路と夜がほしい
夜にならなければ
この倦怠の街の全景を
うまく抱擁《ほうよう》することができないのだ
西と東の二つの大戦のあいだに生れて
恋にも革命にも失敗し
急転直下堕落していつたあの
イデオロジストの顰《しか》め面《つら》を窓からつきだしてみる
街は死んでいる
さわやかな朝の風が
頸輪《くびわ》ずれしたおれの咽喉《のど》につめたい剃刀《かみそり》をあてる
おれには堀割《ほりわり》のそばに立つている人影が
胸をえぐりとられ
永遠に吠えることのない狼《おおかみ》に見えてくる

メモ　戦後の荒涼たる心象風景の詩。いかがわしい繋留船の宿で女と朝を迎えた詩人は、疲れた街を眺めやる。繋船は出航すらできない。憂鬱のダンディズムである。

出典　『鮎川信夫詩集 1945–1955』荒地出版社、一九五五（昭和三十）年十一月。初出は『詩学』第四巻第八号、一九四九（昭和二十四）年十月。再録は『荒地詩集 1951』早川書房、一九五一（昭和二十六）年八月。

橋上《きょうじょう》の人《ひと》

Ⅰ

彼方《かなた》の岸をのぞみながら
澄みきつた空の橋上の人よ、
汗と油の溝渠《みぞ》のうえに、
よごれた幻の都市が聳《そび》えている。
重たい不安と倦怠と
石でかためた屋根の街の
はるか、地下を潜《くぐ》りぬける運河の流れ、
見よ、澱《よど》んだ「時」をかきわけ、
櫂《かい》で虚空《こくう》を打ちながら
下へ、下へと漕《こ》ぎさつてゆく舳《へさき》の方位を。
橋上の人よ、あなたは

秘密にみちた部屋や
親しい者のまなざしや
書籍や窓やペンをすてて、
いくつもの通路をぬけ、
いくつもの町をすぎ、
いつか遠く橋のうえにやつてきた。
いま、あなたは嘔気をこらえ、
水晶　花　貝殻が、世界の空に
炸裂《さくれつ》する真昼の花火を夢みている。

Ⅱ

おお時よ、なぜ流れるのか
なぜ止まらないのか
うらぶれた安カフェーで、
酔いどれ水夫が歌つていた。
おお、これからどうしよう……
酒と女におさらばして、
さあゆこう、船着場《ふなつきば》へ──
未来と希望があるだけさ。

ああ時よ、なぜ流れるのか
なぜ止まらないのか
さんざめく裏街のどん底で、
狂える女が歌つていた。
ああ、これからどうしよう……
空《から》の財布の身を投げに、
さあゆきましよう、船着場へ──
未来も愛もありやしない。

おお時よ、なぜ流れるのか
なぜ止まらないのか
空気の悪いアパートの一室で、
青白いサラリーマンが歌つていた。
おお、これからどうしよう……
子供をつれて一日だけの安息に、
行つてみようか、船着場へ──
未来と信仰はちがうもの。

（以下略）

メモ　観念的文明批評詩。Ⅷまでの長編。橋の上に立つ語り手は、荒地たる現代文明に思いをめぐらす。内容は独断的だが、悩み嘆く詩人のポーズが作品の魅力である。

出典　『鮎川信夫詩集 1945-1955』荒地出版社、一九五五（昭和三十）年十一月。初出は『文学51』第一巻第二号、一九五一（昭和二十六）年六月。再録は『荒地詩集1951』早川書房、一九五一年八月。詩「橋上の人」には、内容の異なる三作品が存在する。右の本文・出典情報は、最も頻繁に言及される第三作のもの。

小《ちい》さいマリの歌《うた》

1　微笑

小さいマリよ
おまえは仔兎《こうさぎ》のように
ぼくの椅子の下に巣をつくつたり
栗鼠《りす》のようにすばしこく
ぼくの頭の木のうえに駈《か》けのぼつたりする
あどけないおまえの声は　いつもぼくに
ぼくの持つていない愛情を思い出させる
膝にのつて話をせがむマリよ
ぼくが知つているのは　おまえが生れる前のことだ
おまえが生れてからのことは
なんでもおまえの方がよく知つている

はてしない空　麦畑　街々
木々　家々　大地
それがどんなふうに
わけへだてのないぼくたちのあいだに
見えない国境をつくつているか
みんな知つているとおりだ
それから大人たちの仕事
きままなぼくの生活
話していいこと　いけないこと
太陽に背をむけたそれらのものが
どのようにぼくたちの大地に暗い影を落すのかも
みんな知つているとおりなんだ
おまえの微笑は
雪にとざされたぼくの窓や
椅子のうえで寒さにふるえているぼくの手足を
あたたかい南国の陽《ひ》ざしのように融《と》かしてくれるから
小さいマリよ
ぼくはただ黙つて
いつまでもおまえに向きあつていたいのだよ

2　夢

おまえは小さな手で
ぼくのものでない夢を
たえずぼくの心のなかに組みたてる
これはお山　これは川
それから指で大きな輪をえがいて
ここには海があるの
これはお家《うち》　これはお庭　これは樹《き》
ここには犬がつないであるの
そうしておまえは自分のまわりに
ひとつづつ自然を呼びよせて
ぼくと一緒《いっしょ》に住もうというのだ
あどけないマリの夢よ
おまえの世界には
沈黙に聴《き》きいる石もなければ
歌わぬ梢《こずえ》
物言わぬ空というものがない
消えさる喜び　永くとどまる悲しみというものがない
これはお茶碗　これはお皿
大きいフライパンをあやつる小さいマリは
ぼくと一緒に暮《くら》そうという

3　歌

小さいマリよ
どんなに悲しいことがあっても
ぼくたちはぼくたちの物語を
はじめからやり直し
なんべんもなんべんもやり直して
気むずかしい人たちに聞かしてあげよう
小さいマリよ
さあキスしよう
おまえを高く抱きあげて
どんな恋人たちよりも甘いキスをしよう
まあお髭《ひげ》がいたいわと
おまえが言い
そんならもっと痛くしてやろうと
ぼくが言って
ふたりの運命を
始めからやり直せばいいのだよ

＊

さあゆこう
小さいマリよ
おまえと歩むこの道は
とおくまで草木や花のやさしい言葉で
ぼくたちに語りかけてくるよ
どんなに暗い日がやってきても
太陽の涙から生れてきたぼくたちの
どこまでもつづく愛の歌で
この道を歩いてゆこう
小さいマリよ
さあ　歌ってゆこう
よく舌のまわらぬおまえの節廻《ふしまわ》しにあわせて
大きな声でうたうぼくたちの歌に
みんなじつと耳をすましているのだから
ずつと空に近い野原の
高い梢で一緒に歌つている人たちが
心から喜んでくれるから
さあ歌つてゆこう
小さいマリよ

メモ　明るい愛情詩。マリは佐藤木実の連れ子。作中ではこの内縁の妻への思いも語られている。国家紛争や社会の現実などで曇る鮎川信夫の心を、幼女が癒してゆく。
出典　『鮎川信夫詩集 1945-1955』荒地出版社、一九五五（昭和三十）年十一月。初出は『荒地詩集 1954』荒地出版社、一九五四（昭和二十九）年二月。

神《かみ》の兵士《へいし》

死んだ兵士を生きかえらせることは
金の縁《ふち》とりをした本のなかで
神の復活に出会うよりもたやすい
多くの兵士は
いくたびか死に
いくたびか生きかえつてきた

（聖なる言葉や
永遠に受けとることのない
不思議な報酬があるかぎりは――）

いくたびか死に

いくたびか生きかえる兵士たちが
これからも大陸に　海に
幾世紀もの列をつくつてつづくのだ

（永遠に受けとることのない報酬は
無限の質《しち》だ！）

一九四四年五月のある夜……
ぼくはひとりの兵士の死に立会つた
かれは木の吊床《つりどこ》に身を横たえて
高熱に苦しみながら
なかなか死のうとしなかつた
青白い記憶の炎につつまれて
母や妹や恋人のためにとめどなく涙を流しつづけた

かれとぼくの間には
もう超えることのできない境があり
ゆれる昼夜燈の暗い光りのかげに
死がやつてきてじつと蹲《うずくま》つているのが見えた

戦争を呪いながら

かれは死んでいつた
東支那海の夜を走る病院船の一室で
あらゆる神の報酬を拒み
かれは永遠に死んでいつた

（ああ人間性よ……
この美しい兵士は
再び生きかえることはないだろう）

どこかとおい国では
かれの崇高な死が
金の縁とりをした本のなかに閉じこめられて
そのうえに低い祈りの声と
やさしい女のひとの手がおかれている

メモ　戦病死者追悼の詩。死後の英霊扱いと生前の悲惨な現実との落差を描く。陸軍二等兵上村（鮎川）信夫は、スマトラでマラリアに罹患、病院船で内地送還された。
出典　『鮎川信夫詩集 1945-1955』荒地出版社、一九五五（昭和三十）年十一月。初出は『詩と詩論』第一集、一九五三（昭和二十八）年七月。

三好豊一郎《みよしとよいちろう》

（一九二〇—一九九二）

囚人《しゅうじん》

真夜中　眼ざめると誰もゐない——
犬は驚いて吠えはじめる　不意に
すべての睡眠の高さに躍《と》びあがらうと
すべての耳はベッドの中にある
ベッドは雲の中にある

孤独におびえて狂奔《きょうほん》する歯
とびあがつてはすべり落ちる絶望の声
そのたびに私はベッドから少しづつずり落ちる

私の眼は壁にうがたれた双《ふた》ツの穴
夢は机の上で燐光《りんこう》のやうに凍つてゐる
天には赤く燃える星
地には悲しげに吠える犬
（どこからか　かすかに還《かえ》つてくる木霊《こだま》）

私はその秘密を知つてゐる
私の心臓の牢屋《ろうや》にも閉ぢ込められた一匹の犬が吠え
　てゐる
不眠の蒼《あお》ざめたvie《ヴィ》の犬が。

メモ　通説では、戦時下の抑圧の詩。実際は、父からの虐待の記憶を描いた作品である。直視に耐えぬ過酷な恐怖体験を、三好豊一郎は難解な言葉で韜晦し表現した。
出典　『囚人』岩谷書店、一九四九（昭和二十四）年五月。初出は、一九四五（昭和二十）年四月に自作のタイプ印刷冊子に掲載（現物未確認）。再録は『荒地』第一巻第一号、一九四七（昭和二十二）年九月。再録総題「夜の沖から」。

木原孝一《きはらこういち》

（一九二二—一九七九）

鎮魂歌《ちんこんか》

弟よ　おまへのほうからはよく見えるだろう
こちらからは　何も見えない

昭和三年　春
弟よ　おまえの
二回目の誕生日に
キャッチボオルの硬球がそれて
おまえのやわらかい大脳にあたった
それはどこか未来のある一瞬からはね返ったのだ
泣き叫ぶおまえには
そのとき　何が起ったのかわからなかった

　一九二八年
　世界の中心からそれたボオルが
　ひとりの支那の将軍を暗殺した　そのとき
　われわれには
　　何が起ったのかわからなかった

昭和八年　春
弟よ　おまえは
小学校の鉄の門を　一年遅れてくぐった
林檎《りんご》がひとつと　梨がふたつで　いくつ？

みいっつ
小山羊《こやぎ》が七匹います　狼《おおかみ》が三匹喰べました　何匹
　残る？
わからない　わからない
おまえの傷ついた大脳には
ちいさな百舌《もず》が棲《す》んでいたのだ

　一九三三年
　孤立せる東洋の最強国　国際連盟を脱退
　四十二対一　その算術ができなかった
　狂いはじめたのはわれわれではなかったか？

昭和十四年　春
弟よ　おまえは
ちいさな模型飛行機をつくりあげた
晴れた空を　捲《ま》きゴムのコンドルはよく飛んだ
おまえは　その行方《ゆくえ》を追って
見知らぬ町から町へ　大脳のなかの百舌とともにさ
　まよった
おまえは夜《よる》になって帰ってきたが

そのとき
おまえはおまえの帰るべき場所が
世界の何処《どこ》にもないことを知ったのだ

一九三九年
無差別爆撃がはじまった
宣言や条約とともに　家も　人間も焼きつくされる
われわれの帰るべき場所がどこにあったか？

昭和二十年
五月二十四日の夜が明けると
弟よ　おまえは黒焦《くろこ》げの燃えがらだった
薪を積んで　残った骨をのせて　石油をかけて
弟よ　わたしはおまえを焼いた
おまえの盲《めし》いた大脳には
味方も　敵も　アメリカも　アジアもなかったろう
立ちのぼるひとすじの煙りのなかの
おまえの　もの問いたげなふたつの眼に
わたしは何を答えればいいのか？

おお
おまえは　おまえの好きな場所へ帰るのだ
算術のいらない国に帰るのだ

一九五五年
戦争が終って　十年経った
弟よ
おまえのほうからはよく見えるだろう
わたしには　いま
何処で　何が起っているのか　よくわからない

メモ　弟清治の障害を戦前の外交・軍事と結びつけた比喩の詩。算術不能な「狂」「盲」を両者の共通点とする。弟は山の手大空襲で死亡。和暦と西暦の使い分けがある。

出典『ある時ある場所』飯塚書店、一九五八（昭和三十三）年七月。初出は『詩学』第十一巻第一号、一九五六（昭和三十一）年一月。

秋《あき》谷《や》豊《ゆたか》

（一九二二―二〇〇八）

ハーケンの歌《うた》

おれはハーケンを歌おう
あの　ほそい岩の裂け目に
たつた一本
打ち残してきたハーケンを歌おう
落雷に撃たれた岩の小さな壁に
打ち込まれている錆《さ》びついたハーケンを
おれは歌おう
ハーケンは寡黙だ
だがおれは一本のハーケンを歌おう
うすよごれた雪渓《せっけい》の終りの歌
短い季節に群落をつくる花の歌
おれたちの心に打ち込まれる
純粋の歌
おれはあのハーケンを歌おう

ハーケンは凍る霧のなかの歌
錘《おもり》のように
岩に鋲靴《びょうぐつ》を垂《た》らして眠る
夜の歌
おれたちの現在を支えるのにふさわしい
鋼鉄の歌だ

第二次R・C・Cのために

メモ　岩登りの詩。登山のロマンティシズムを歌い上げた。ハーケン（ピトン）は金属製のクサビ。回収できないこともある。ＲＣＣはロック・クライミング・クラブ。

出典　『登攀』国文社、一九六二（昭和三十七）年九月。初出は『ケルン』第六号、一九五九（昭和三十四）年九月。

登攀《とうはん》

うすよごれた鋲靴《びょうぐつ》の踵《かかと》を支点に
ピトンを打ち込む
その岩壁には　ねむるべき石も
休むべきテラスもなかつた

ぼくらをいまこんなに垂直にするものは
なんであろう
くろずんだハンマーを握り
ザイルを腰にまきつけ
ぼくらをいまこんなに薄明に近づけるものは

——山がそこにあるからだ
と　見知らぬ一人の登攀者は語つたが

あの雪渓《せっけい》と雷鳥《らいちょう》のねむりはぼくらの渇《かわ》き
霧にまかれ
きれぎれの雲をくぐり
おお　そのながい苦痛のあとに
今　行手《ゆくて》に　一つの大きな夏がやつてくる

ぼくは思う　ふいにぼくの生涯が墜落《ついらく》する
この薄明のなかの
それは荒々しい季節の予感なのだ
と——

メモ　岩登りの詩。北アルプスが想定される。引用は英国登山家マロリーの言葉。「登攀」のノート」によれば、「孤独な充足感」が主題。リルケの詩の影響が見られる。

出典　『登攀』国文社、一九六二（昭和三十七）年九月。初出は『詩学』第十一巻第十三号、一九五六（昭和三十一）年十一月。再録は『詩学』第十三巻第九号、一九五八（昭和三十三）年八月。

クレバスに消《き》えた女性隊員《じょせいたいいん》

京都山岳会登山隊の白水《しろうず》ミツ子隊員が、第一キャンプからベースキャンプへ下山中、ボゴダ氷河のヒドン・クレバスに転落、死亡したのは、一九八一年六月十日のことであった。

もちろん、この日、死亡がはっきりと確認されたわけではなく、救出が困難なままに、氷河の中に見捨てざるを得なかったのである。白水隊員は救出の断念を自ら望んだが、暗黒の氷の割れ目の中で、一条の生の光に望みを托しながら最後まで死とたたかっていたとすれば、その死亡日付はあるいは半日か一日、変更されることとなるわけである。

記録――六月十日午前十一時二十分、ボゴダ峰第一キャンプから三十分ほど下《くだ》ったアイスフォール帯直下の広い雪原状《せつげんじょう》の氷河上で白水隊員はクレバスに転落した。

直《ただ》ちに第一キャンプに緊急連絡され、第二キャンプからかけつけた救助隊員が現場に到着したのは十三時十分。彼女の生存は確認された。宮川隊員がクレバスへの下降を試みる。

入口は八十センチくらいの人間がやっとひとりくぐれるくらいの氷の割れ目だが、中に入るにしたがってさらに狭くなり、上から四メートルのところで少し屈曲して幅は五十センチくらい。そこで下の方にひっかかっているザックが見えた。しかしそこからはさらに狭くなり、靴を直《ま》っすぐにしては入れず、アイゼンの爪《つめ》が効《き》かない。ザイルにぶらさがったままの状態で、少しずつ降ろしてもらい、ようやくザックに達する。「大丈夫かあ」期待をこめてザックに手をかけるが、その下に白水さんはいない。声をかけると、応答はあった。が、まだはるか下の方である。

そこからは氷の壁はまた少し屈曲し、真《ま》っ暗《くら》で、さらに狭くてそれ以上は下降できない。やむなくザイルの端にカラビナとヘッドランプをつけて降ろす。一〇メートル（上からは二〇メートル）降ろしたところで彼女に達したようだが、彼女自身どうにもザイルをつかまえることが出来ないのか、ザイルはかすかな手ごたえを感じるが、そのまま空しく上がってくる。

そういう作業を何度も「しっかりしろ」と大声で彼女に呼びかけながらやっている時に、

「宮川さぁーん、私ここで死ぬからぁー」

「宮川さぁーん、奥さんも子供もいるからー、あぶないからぁー、もういいよぉー」

という声。かなり弱った声だったが、叫ぶような声だった。彼女自身でもう駄目と判断してのことだろう。

まったくやり切れない気持ちだった。声が聞こえてくるのに助けられない。くやしさが全身を貫く。

十六時、彼女の声はまったく聞こえなくなった。

カメラ助手の新谷隊員、そして当日頂上アタックした山田、大野両隊員もクレバスに降りた。しかし誰も宮川隊員が降りた位置より下には行けず、二十一時ついに救助作業を打ち切った。（京都山岳会隊・宮川清明隊員の手記）
白水さんは二十九歳、独身だった。

メモ　遭難死者を悼む散文詩。作品は、秋谷豊が故人のために建てた紙の墓でもある。淡々とした記述が、強い感情を喚起する。遺体は一九九五年八月に発見された。
出典　『砂漠のミイラ』地球社、一九八七（昭和六十二）年八月。初出未詳。

田村隆一《たむらりゅういち》

（一九二三―一九九八）

四千《よんせん》の日《ひ》と夜《よる》

一篇の詩が生れるためには、
われわれは殺さなければならない
多くのものを殺さなければならない
多くの愛するものを射殺し、暗殺し、毒殺するのだ

見よ、
四千の日と夜の空から
一羽の小鳥のふるえる舌がほしいばかりに、
四千の夜の沈黙と四千の逆光線を
われわれは射殺した

聴《き》け、
雨のふるあらゆる都市、鎔鉱炉、
真夏の波止場と炭坑から
たつたひとりの飢えた子供の涙がいるばかりに、
四千の日の愛と四千の夜の憐みを
われわれは暗殺した

記憶せよ、
われわれの眼に見えざるものを見、
われわれの耳に聴えざるものを聴く
一匹の野良犬の恐怖がほしいばかりに、
四千の夜の想像力と四千の日のつめたい記憶を

われわれは毒殺した
一篇の詩を生むためには、
われわれはいとしいものを殺さなければならない
これは死者を甦《よみがえ》らせるただひとつの道であり、
われわれはその道を行かなければならない

メモ　逆説的な追悼詩。敗戦後「四千の日と夜」を経た今、「われわれ」は詩を書くことで、苦しんだ死者を記憶すべきだと言う。文学至上主義的価値観の詩。
出典　『四千の日と夜』東京創元社、一九五六（昭和三十一）年三月。初出は『詩と詩論』第二集、一九五四（昭和二十九）年七月。再録は『詩学』第九巻第十三号、一九五五（昭和三十）年一月。

帰途《きと》

言葉なんかおぼえるんじやなかつた
言葉のない世界
意味が意味にならない世界に生きてたら
どんなによかつたか

あなたが美しい言葉に復讐されても
そいつは　ぼくとは無関係だ
きみが静かな意味に血を流したところで
そいつも無関係だ

あなたのやさしい眼のなかにある涙
きみの沈黙の舌からおちてくる痛苦
ぼくたちの世界にもし言葉がなかつたら
ぼくはただそれを眺めて立ち去るだろう

あなたの涙に　果実の核ほどの意味があるか
きみの一滴の血に　この世界の夕暮れの
ふるえるような夕焼けのひびきがあるか

言葉なんかおぼえるんじやなかつた
日本語とほんのすこしの外国語をおぼえたおかげで
ぼくはあなたの涙のなかに立ちどまる
ぼくはきみの血のなかにたつたひとりで帰つてくる

メモ　言葉があるから共感できる、と逆説的に主張した詩。人は言語を通して他人の悲しみに関心を持つ。だから、君への共感、君への「帰途」にあるのは言葉である。

出典『言葉のない世界』昭森社、一九六二（昭和三十七）年十二月。初出は『ユリイカ』第一巻第一号、一九五六（昭和三十一）年十月。再録は『荒地詩集1957』荒地出版社、一九五七（昭和三十二）年十月。

見《み》えない木《き》

雪のうえに足跡《あしあと》があつた
足跡を見て　はじめてぼくは
小動物の　小鳥の　森のけものたちの
支配する世界を見た
たとえば一匹のりすである
その足跡は老いたにれの木からおりて
小径を横断し
もみの林のなかに消えている
瞬時のためらいも　不安も　気のきいた疑問符も
　そこにはなかつた
また　一匹の狐《きつね》である
彼の足跡は村の北側の谷づたいの道を
直線上にどこまでもつづいている
ぼくの知つている飢餓は
このような直線を描くことはけつしてなかつた
この足跡のような弾力的な　盲目的な　肯定的なリ
　ズムは
ぼくの心にはなかつた
たとえば一羽の小鳥である
その声よりも透明な足跡
その生よりもするどい爪《つめ》の跡
雪の斜面にきざまれた彼女の羽
ぼくの知つている恐怖は
このような単一な模様を描くことはけつしてなかつた
この羽跡のような肉感的な　異端的な　肯定的なリ
　ズムは
ぼくの心にはなかつたものだ
突然　浅間山《あさまやま》の頂点に大きな日没がくる
なにものかが森をつくり
谷の口をおしひろげ
寒冷な空気をひき裂く

ぼくは小屋にかえる
ぼくはストーブをたく
ぼくは
見えない木
見えない鳥
見えない小動物
ぼくは
見えないリズムのことばかり考える

メモ　人間界と自然界を対比した詩。「見えない木」は動植物界の象徴。一九六一年から滞在した北軽井沢の山荘が舞台。田村隆一は、明快で肯定的な天然を思う。
出典　『言葉のない世界』昭森社、一九六二（昭和三十七）年十二月。初出は『文藝』第一巻第三号、一九六二年五月。再録は『現代詩手帖』第五巻第十二号、一九六二年十二月。再再録は『詩学』第十七巻第十一号、一九六二年十二月。

木《き》

木は黙っているから好きだ
木は歩いたり走ったりしないから好きだ

木は愛とか正義とかわめかないから好きだ

ほんとうにそうか
ほんとうにそうなのか

見る人が見たら
木は囁《ささや》いているのだ　ゆったりと静かな声で
木は歩いているのだ　空にむかって
木は稲《いな》妻《ずま》のごとく走っているのだ　地の下へ
木はたしかにわめかないが
木は
愛そのものだ　それでなかったら小鳥が飛んできて
枝にとまるはずがない
正義そのものだ　それでなかったら地下水を根から
　吸いあげて
空にかえすはずがない

若《わか》木《ぎ》
老樹

ひとつとして同じ木がない
ひとつとして同じ星の光りのなかで
目ざめている木はない

木
ぼくはきみのことが大好きだ

メモ 現代詩には、樹木に思いを託す擬人法の作品が多い。本詩はその典型。田村隆一が好きなのは、騒々しい活動家ではなく、静かに行動する愛と正義の人である。
出典 『水半球』書肆山田、一九八〇（昭和五十五）年三月。初出は『樹』第四号、一九八〇年冬。

谷《たに》川《がわ》雁《がん》（一九二三―一九九五）

東京《とうきょう》へゆくな

ふるさとの悪霊どもの歯ぐきから
おれはみつけた　水仙いろした泥の都
波のようにやさしく奇怪な発音で
馬車を売ろう　杉を買おう　革命はこわい

なきはらすきこりの娘は
岩のピアノにむかい
新しい国のうたを立ちのぼらせよ

つまずき　こみあげる鉄道のはて
ほしよりもしずかな草刈場で
虚無のからすを追いはらえ

あさはこわれやすいがらすだから
東京へゆくな　ふるさとを創《つく》れ

おれたちのしりをひやす苔《こけ》の客間に
船乗り　百姓　旋盤工《せんばんこう》　坑夫をまねけ
かぞえきれぬ恥辱　ひとつの眼つき
それこそ羊歯《しだ》でかくされたこの世の首府

駈《か》けてゆくひずめの内側なのだ

メモ　毛沢東の影響下、地方農村からの革命を主張した詩。首都集中批判の標語として重宝された。「東京へゆくな」発表の十三年後、谷川雁は就職のため上京した。
出典『大地の商人』母音社、一九五四（昭和二十九）年十一月。初出は『詩学』第七巻第十一号、一九五二（昭和二十七）年十一月。

吉《よし》本《もと》隆《たか》明《あき》

（一九二四―二〇一二）

ちひさな群《むれ》への挨《あい》拶《さつ》

あたたかい風とあたたかい家とはたいせつだ
冬は背中からぼくをこごえさせるから
冬の真《ま》むかうへでてゆくために
ぼくはちひさな微温をたちきる
をはりのない鎖《くさり》　そのなかのひとつひとつの貌《かお》をわ
　すれる
ぼくが街路へほうりだされたために
地球の脳《のう》髄《ずい》は弛《し》緩《かん》してしまふ

ぼくの苦しみぬいたことを繁殖させないために
冬は女たちを遠ざける
ぼくは何《ど》処《こ》までゆかうとも
第四級の風てん病院をでられない
ちひさなやさしい群よ
昨日までかなしかつた
昨日までうれしかつたひとびとよ
冬はふたつの極からぼくたちを緊《し》めあげる
そうしてまだ生れないぼくたちの子供をけつして生
　れないやうにする
こわれやすい神経をもつたぼくの仲間よ
フロストの皮膜のしたで睡《ねむ》れ
そのあひだにぼくは立《たち》去《さ》らう
ぼくたちの味方は破れ
戦火が乾いた風にのつてやつてきさうだから
ちひさなやさしい群よ
苛酷なゆめとやさしいゆめが断ちきれるとき
ぼくは何をしたらう
ぼくの脳髄はおもたく　ぼくの肩は疲れてゐるから
記憶といふ記憶はうつちやらなくてはいけない

みんなのやさしさといつしよに
ぼくはでてゆく
冬の圧力の真《ま》むかうへ
ひとりつきりで耐えられないから
たくさんのひとと手をつなぐといふのは嘘だから
ひとりつきりで抗争できないから
たくさんのひとと手をつなぐといふのは卑怯だから
ぼくはでてゆく
すべての時刻がむかうかはに加担しても
ぼくたちがしはらつたものを
ずつと以前のぶんまでとりかへすために
すでにいらなくなつたものはそれを思ひしらせるた
　めに
ちひさなやさしい群よ
みんなは思ひ出のひとつひとつだ
ぼくはでてゆく
嫌悪のひとつひとつに出遇《であ》ふために
ぼくはでてゆく
無数の敵のどまん中へ

ぼくは疲れてゐる
がぼくの瞋《いか》りは無尽蔵だ

ぼくの孤独はほとんど極限《リミット》に耐えられる
ぼくの肉体はほとんど苛酷に耐えられる
ぼくがたふれたらひとつの直接性がたふれる
もたれあふことをきらつた反抗がたふれる
ぼくがたふれたら同胞はぼくの屍体《したい》を
湿つた忍従《にんじゅう》の穴へ埋めるにきまつてゐる
ぼくがたふれたら収奪者は勢ひをもりかへす

だから　ちひさなやさしい群よ
みんなのひとつひとつの貌《かお》よ
さやうなら

メモ　安逸な場を離れ、厳しい冬の戦いに出る決意を語った詩。「ちひさな群」は残る側の人々。「ぼく」は孤高の単独者。個人的怨恨を大義の名で晴らす側面もあろう。
出典　『転位のための十篇』自家版、一九五三（昭和二十八）年九月。初出同上。

佃渡《つくだのわた》しで

佃渡しで娘がいった
〈水がきれいね　夏に行った海岸のように〉
そんなことはない　みてみな
繋がれた河蒸気《かわじょうき》のとものところに
芥《あくた》がたまって揺れてるのがみえるだろう
ずっと昔からそうだった
〈これからさきは娘にきこえぬ胸のなかでいう〉
水は黝《くろ》くてあまり流れない　氷雨《ひさめ》の空の下で
おおきな下水道のようにくねっているのは老齢期の
　河《かわ》のしるしだ
この河の入りくんだ掘割《ほりわり》のあいだに
ひとつの街があり住んでいた
蟹《かに》はまだ生きていてとりに行った
沼泥《どろ》に足をふみこんで泳いだ

佃渡しで娘がいった
〈あの鳥はなに？〉
〈かもめだよ〉
〈ちがうあの黒い方の鳥よ〉
あれは鳶だろう
むかしもいた
流れてくる鼠《ねずみ》の死骸や魚の綿腹《わた》を
ついばむためにかもめの仲間で舞っていた
〈これからさきは娘にきこえぬ胸のなかでいう〉
水に囲まれた生活というのは
いつでもちょっとした砦《とりで》のような感じで
夢のなかで掘割はいつもあらわれる
橋という橋は何のためにあったか？
少年が欄干《らんかん》に手をかけ身をのりだして
悲しみがあれば流すためにあった
〈あれが住吉《すみよし》神社だ
佃祭《つくだまつ》りをやるところだ
あれが小学校　ちいさいだろう〉
これからさきは娘に云《い》えぬ
昔の街はちいさくみえる
掌《て》のひらの感情と頭脳と生命の線のあいだの窪《くぼ》みに
　はいってしまうように

すべての距離がちいさくみえる
すべての思想とおなじように
あの昔遠かった距離がちぢまってみえる
わたしが生きてきた道を
娘の手をとり　いま氷雨にぬれながら
いっさんに通りすぎる

メモ　吉本隆明は、東京・佃島出身。佃大橋建設中に、開発が進む町を再訪した。自分の思想基盤下町の美化を拒否、醜い風景を強調する。娘は漫画家ハルノ宵子。
出典　『模写と鏡』春秋社、一九六四（昭和三十九）年十二月。初出同上。

阪《さか》田《た》寛《ひろ》夫《お》（一九二五―二〇〇五）

練《れん》習《しゅう》問《もん》題《だい》

「ぼく」は主語です
「つよい」は述語です
ぼくは　つよい
ぼくは　すばらしい
そうじゃないからつらい

「ぼく」は主語です
「好き」は述語です
「だれそれ」は補語です
ぼくは　だれそれが　好き
ぼくは　だれそれを　好き
どの言い方でもかまいません
でもそのひとの名は
言えない

メモ　劣等感と初恋の詩。文法問題を解く「ぼく」が直面したのは、人生の練習問題である。阪田寛夫は児童文学者。「ねこふんじゃった」「おなかのへるうた」が有名。
出典　『詩集 サッちゃん』講談社文庫、一九七七（昭和五十二）年十一月。初出は『日本児童文学』第二十二巻第十一号、一九七六（昭和五十一）年九月。

山本太郎《やまもとたろう》

（一九二五―一九八八）

生《うま》れた子《こ》に

もうだめなんだ
お前は立ってしまったんだ
脳味噌《のうみそ》の重みを
ずーんと受けて
立ってしまったんだ
もうだめなんだ
ごらん
お前は影をもってしまった
お前の手は
小さな疑いの石を
いつのまにか
固くにぎってしまった
そら歩いてごらん
あとはそいつを
太陽の方角へ

投げるだけだ
石は三〇年もすれば
おちてきて
お前の額《ひたい》を撃つだろう
そのときお前は
もういちど立つだろう
父がそうしたように
心の力で

メモ　幼児に語る形式で、自らの精神的自立を語った作品。人は、幸福な幼少期に居続けることは許されない。詩人の父は画家山本鼎（かなえ）、母は北原白秋の妹家子。
出典　『紀問者の惑いの唄』思潮社、一九六七（昭和四十二）年二月。初出未詳。

散歩《さんぽ》の唄《うた》

あかりと爆《ばく》に

右の手と左の手に
ぶらさがった子供たちが
上をむいて

オトーチャマという
俺《おれ》も上をむいて
誰かの名前を呼びたいが
誰もいない
俺の空はみごとにがらんどうで
鳥に化けた雲ばかりが
飛んでゆく
すばらしいじゃないか
このがらんどうのなかで
お前達のオカーチャマが
一本のローソクのように
燃えていたのだ
燃えてふるえて俺をまっていたのだ
お前達もいつかは
がらんどうの空をもつだろう
そのときは　ひとりびとりの
たしかな脚《あし》で立って歩いて
お前達の焰《ほのお》をお探し
ほら　ぶらさがってはだめだ
もういちど上をみてごらん
もうオトーチャマの顔はない
間違ってはいけない
ゆらゆらゆれているのは
消えてゆく雲だ

メモ　長女長男に贈るメッセージ。中年を迎えた山本太郎は、世界（空）を自分の力で支える必要が生じた。精神的自立に伴う孤独と寂寞を、子供に託して語っている。
出典　『糾問者の惑いの唄』思潮社、一九六七（昭和四十二）年二月。初出未詳。

吉《よし》野《の》弘《ひろし》

（一九二六―二〇一四）

奈々子《ななこ》に

赤い林檎《りんご》の頬《ほお》をして
眠っている　奈々子
お前のお母さんの頬の赤さは

そっくり
奈々子の頰にいってしまって
ひとところのお母さんの
つやゝかな頰は少し青ざめた
お父さんにも　ちょっと
酸っぱい思いがふえた

唐突だが
奈々子
お父さんは、お前に
多くを期待しないだろう
ひとが
ほかからの期待に応《こた》えようとして
どんなに
自分を駄目にしてしまうか
お父さんは　はっきり
知ってしまったから

お父さんが
お前にあげたいものは

健康と
自分を愛する心だ

ひとが
ひとでなくなるのは
自分を愛することをやめるときだ

自分を愛することをやめるとき
ひとは
他人を愛することをやめ
世界を見失ってしまう

自分があるとき
他人があり
世界がある

お父さんにも
お母さんにも
酸っぱい苦労がふえた

苦労は
今は
お前にあげられない

お前にあげたいものは
香りのよい健康と
かちとるにむづかしく
はぐくむにむづかしい
自分を愛する心だ

メモ　親の両面感情が滲み出た詩。過度な期待はしないと言う一方、自己肯定感を「かちとる」「むづかしい」達成を娘に要求する。吉野弘は矛盾に気づかない。
出典　『消息』谺詩の会、一九五七（昭和三十二）年五月。初出は『詩人部落』第三十五号、一九五五（昭和三十）年六月（現物未確認）。

初《はじ》めての児《こ》に

お前がうまれて間《ま》もない日。

禿《はげ》鷹《たか》のように
そのひとたちはやってきて
黒い皮鞄のふたを
あけたりしめたりした。

生命保険の勧誘員だった。

（ずいぶん　お耳が早い）
私が驚いてみせると
そのひとたちは笑って答えた。
〈匂いが届きますから〉

顔の貌《かたち》さえさだまらぬ
やわらかなお前の身体の
どこに
私は小さな死を
わけあたえたのだろう。

もう
かんばしい匂いを

ただよはせていた　というではないか。

メモ　生死の表裏一体性が主題。勧誘員は赤子の死の匂いを嗅ぎつけたと言う。しかし、生命保険は父の死亡に掛ける。子の死ではない。契約内容を理解できているか。

出典　『消息』谺詩の会、一九五七（昭和三十二）年五月。初出は『詩学』第八巻第十一号、一九五四（昭和二十九）年十一月。

I was born

確か　英語を習い始めて間《ま》もない頃だ。

或《あ》る夏の宵《よい》。父と一緒《いっしょ》に寺の境内《けいだい》を歩いてゆくと
青い夕《ゆう》靄《もや》の奥から浮き出るように白い女がこちらへ
やってくる。物憂げに　ゆっくりと。
女は身重《みおも》らしかった。父に気兼《きが》ねをしながらも僕
は女の腹から眼を離さなかった。頭を下にした胎児
の　柔軟なうごめきを　腹のあたりに連想し　それ
がやがて　世に生まれ出ることの不思議に打たれて
いた。

女はゆき過ぎた。

少年の思いは飛躍しやすい。その時　僕は〈生まれる〉ということが　まさしく〈受身〉である訳をふと諒解した。僕は興奮して父に話しかけた。
――やっぱり I was born なんだね――
父は怪訝《けげん》そうに僕の顔をのぞきこんだ。僕は繰り返した。
――I was born さ。受身形だよ。正しく言うと人間は生まれさせられるんだ。自分の意志ではないんだね――。

その時　どんな驚きで　父は息子の言葉を聞いたか。僕の表情が単に無邪気として父の眼にうつり得たか。それを察するには　僕はまだ余りに幼なかった。僕にとってこの事は文法上の単純な発見に過ぎなかったのだから。

父は無言で暫《しばら》く歩いた後　思いがけない話をした。
――蜉蝣《かげろう》という虫はね。生れてから二、三日で死ぬんだそうだが　それなら一体　何の為《ため》に世の中へ出

てくるのかと　そんな事がひどく気になった頃があ
ってね――
僕は父を見た。父は続けた。
――友人にその話をしたら　或《ある》日《ひ》　これが　蜉蝣の
雌《めす》だと言って拡大鏡で見せてくれた。説明によると
口は全く退化して食物を摂《と》るに適しない。胃の腑《ふ》を
開いても入っているのは空気ばかり。見ると　その
通りなんだ。ところが、卵だけは腹の中にぎっしり
充満していて　ほっそりした胸の方にまで及んでい
る。それはまるで　目まぐるしく繰り返される生き
死にの悲しみが　咽喉《のど》もとまで　こみあげて居るよ
うに見えるのだ。淋しい　光りの粒々《つぶつぶ》だったね。私
が友人の方を振り向いて　〈卵〉というと　彼も肯《うなず》
いて答えた。〈せつなげだね――〉。そんなことが
あってから間もなくの事だったんだよ　お母さんが
お前を生み落してすぐに死なれたのは――。

父の話のそれからあとは、もう覚えて居ない。た
だひとつ痛みのように切なく　僕の脳裡《のうり》に灼《や》きつい
たものがあった。

――ほっそりした母の　胸の方まで　息苦しくふさ
いでいた白い僕の肉体――。

メモ　生命の受身性有限性は表面的主題。詩の核心は母の出産死にある。母親の死因を知らされた僕は、自らの加害性に悩んだ。父子で寺に母の墓参に行った場面か。
出典　『消息』谺詩の会、一九五七（昭和三十二）年五月。初出は『詩学』第七巻第十一号、一九五二（昭和二十七）年十一月。

夕《ゆう》焼《や》け

いつものことだが
電車は満員だった。
そして
いつものことだが
若者と娘が腰をおろし
としよりが立っていた。
うつむいていた娘が立って
としよりに席をゆずった。
そそくさととしよりが坐った。

礼も言わずにとしよりは次の駅で降りた。
娘は坐った。
別のとしよりが娘の前に
横あいから押されてきた。
娘はうつむいた。
しかし
又立って
席を
そのとしよりにゆずった。
としよりは次の駅で礼を言って降りた。
娘は坐った。
二度あることは　と言う通り
別のとしよりが娘の前に
押し出された。
可哀想《かわいそう》に
娘はうつむいて
そして今度は席を立たなかった。
次の駅も
次の駅も
下唇《したくちびる》をキュッと噛《か》んで

身体をこわばらせて――。
僕は電車を降りた。
固くなってうつむいて
娘はどこまで行ったろう。
やさしい心の持主は
いつでもどこでも
われにもあらず受難者となる。
何故《なぜ》って
やさしい心の持主は
他人のつらさを自分のつらさのように
感じるから。
やさしい心に責められながら
娘はどこまでゆけるだろう。
下唇を噛んで
つらい気持で
美しい夕焼けも見ないで。

メモ　「信頼できない語り手」による物語詩。席を譲らぬ娘を、語り手は「受難者」「やさしい」と断定する。この語りは騙りである。解釈論争を経て教科書から外された。

出典　『幻・方法』飯塚書店、一九五九（昭和三十四）

年六月。初出は『種子』第三号、一九五八（昭和三十三）年九月。

石仏《せきぶつ》　晩秋

うしろで
優雅な、低い話し声がする。
ふりかえると
人はいなくて
温顔《おんがん》の石仏が三体
ふっと
口をつぐんでしまわれた。
秋が余りに静かなので
石仏であることを
お忘れになって
お話などなさったらしい。
其処《そこ》だけ不思議なほど明るく
枯草が、こまかく揺れている。

メモ　風雅な秋の小作品。昭和三十三年の若杉慧写真集

『野の仏』以来、石仏に注目が集まった。仏様の間違いを指摘する姿勢には、吉野弘らしさが感じられる。

出典　『感傷旅行』葡萄社、一九七一（昭和四十六）年七月。初出は『労働文化』第十八巻第十号、一九六七（昭和四十二）年十月。初出題名「晩秋」。

虹《にじ》の足《あし》

雨があがって
雲間《くもま》から
乾麺《かんめん》みたいに真直《まっすぐ》な
陽射《ひざ》しがたくさん地上に刺さり
行手《ゆくて》に榛名山《はるなさん》が見えたころ
山路を登るバスの中で見たのだ、虹の足を。
眼下にひろがる田圃《たんぼ》の上に
虹がそっと足を下ろしたのを！
野面《のづら》にすらりと足を置いて
虹のアーチが軽やかに
すっくと空に立ったのを！
その虹の足の底に

小さな村といくつかの家が
すっぽり抱かれて染められていたのだ。
それなのに、
家から飛び出して虹の足にさわろうとする人影は見えない。
――おーい、君の家が虹の中にあるぞォ
乗客たちは頰《ほお》を火照《ほて》らせ
野面に立った虹の足に見とれた。
多分、あれはバスの中の僕らには見えて
村の人々には見えないのだ。
そんなこともあるのだろう
他人には見えて
自分には見えない幸福の中で
格別驚きもせず
幸福に生きていることが――。

メモ　幸福の無自覚性が主題。しかし、村から虹は別な所に見える。山頂からバスに虹の足が見えた可能性も。虹や幸福の相対性に無自覚なのは、詩人自身である。

出典　『虹の足』みちのく豆本の会、一九七三（昭和四十八）年十二月。初出は『婦人之友』第六十七巻第五号、一九七三年五月。再録は『北入曾（きたいりそ）』青土社、一九七七（昭和五十二）年一月。

生命《いのち》は

生命《いのち》は
自分自身だけでは完結できないように
つくられているらしい
花も
めしべとおしべが揃《そろ》っているだけでは
不充分で
虫や風が訪れて
めしべとおしべを仲立ちする
生命《いのち》は
その中に欠如を抱《いだ》き
それを他者から満たしてもらうのだ
世界は多分
他者の総和
しかし

互いに
欠如を満たすなどとは
知りもせず
知らされもせず
ばらまかれている者同士
無関心でいられる間《あいだ》柄《がら》
ときに
うとましく思うことさえも許されている間柄
そのように
世界がゆるやかに構成されているのは
なぜ？

花が咲いている
すぐ近くまで
虻《あぶ》の姿をした他者が
光をまとって飛んできている

私も　あるとき
誰かのための虻だったろう

あなたも　あるとき
私のための風だったかもしれない

メモ　社会の相互補完性を、花虫に託して述べた詩。この自明な理に、吉野弘は「らしい」「かもしれない」と気づく。自己中心傾向の詩人ならではの新鮮な視点。

出典　『北入曽（きたいりそ）』青土社、一九七七（昭和五十二）年一月。初出は『労働文化』第二十七巻第六号、一九七六（昭和五十一）年六月。再録は『風が吹くと』サンリオ、一九七七年九月。

祝《しゅく》婚《こん》歌《か》

二人が睦《むつ》まじくいるためには
愚かでいるほうがいい
立派すぎないほうがいい
立派すぎることは
長持ちしないことだと気付いているほうがいい
完璧をめざさないほうがいい
完璧なんて不自然なことだと
うそぶいているほうがいい

二人のうちどちらかが
ふざけているほうがいい
ずっこけているほうがいい
互いに非難することがあっても
非難できる資格が自分にあったかどうか
あとで
疑わしくなるほうがいい
正しいことを言うときは
少しひかえめにするほうがいい
正しいことを言うときは
相手を傷つけやすいものだと
気付いているほうがいい
立派でありたいとか
正しくありたいとかいう
無理な緊張には
色目を使わず
ゆったり　ゆたかに
光を浴びているほうがいい
健康で　風に吹かれながら
生きていることのなつかしさに
ふと　胸が熱くなる
そんな日があってもいい
そして
なぜ胸が熱くなるのか
黙っていても
二人にはわかるのであってほしい

メモ　姪に贈った作品。祝賀の言葉はなく、説教主体の教訓詩である。表向きは正義論否定だが、「ほうがいい」は優劣正邪論。言説自体が自己撞着に陥っている。
出典『風が吹くと』サンリオ、一九七七（昭和五十二）年九月。初出同上。

黒田喜夫《くろだきお》

（一九二六―一九八四）

空想《くうそう》のゲリラ

もう何日もあるきつづけた
背中に銃を背負い

道は曲りくねって
見知らぬ村から村へつづいている
だがその向うになじみふかいひとつの村がある
そこに帰る
帰らねばならぬ
目を閉じると一瞬のうちに想《おも》いだす
森の形
畑を通る抜路《ぬけみち》
屋根飾り
漬物の漬け方
親族一統
削り合う田地《でんち》
ちっぽけな格式と永劫変らぬ白壁
柄《え》のとれた鍬《くわ》と他人の土
野垂《のた》れ死《じに》した父祖たちよ
追いたてられた母達よ
そこに帰る
見覚えある抜道を通り
銃をかまえて曲り角から躍りだす
いま始源《しげん》の遺恨《いこん》をはらす

復讐の季《とき》だ
その村は向うにある
道は見知らぬ村から村へつづいている
だが夢のなかでのようにあるいてもあるいても
なじみない景色ばかりだ
誰も通らぬ
なにものにも会わぬ
一軒の家に近づく道を訊《き》く
すると窓も戸口もない
壁だけの唖《おし》の家がある
別の家にゆく
やはり窓もない戸口もない
みると声をたてる何の姿もなく
異様な色にかがやく村に道は消えようとする
ここは何処《どこ》で
この道は何処へ行くのだ
教えてくれ
応《こた》えろ
背中の銃をおろし無音の群落につめよると
だが武器は軽く

おお間違いだ
おれは手に三尺ばかりの棒片《ぼうきれ》を摑《つか》んでいるにす
　ぎぬ？

メモ　故郷寒河江市皿沼を追われた農民詩人が、村への想像上の復讐を描いた詩。棒をつかんだ「おれ」の滑稽な自画像である。黒田喜夫は共産党員。のちに除名。
出典　『不安と遊撃』飯塚書店、一九五九（昭和三十四）年十二月。初出は『列島詩集1955』知加書房、一九五五（昭和三十）年十一月。再録は『現代詩』第三巻第一号、一九五六（昭和三十一）年一月。

毒虫《どくむし》飼育《しいく》

アパートの四畳半で
おふくろが変なことをはじめた
おまえもやっと職につけたし三十年ぶりに蚕《かいこ》を飼うよ
それから青菜《あおな》を刻んで笊《ざる》に入れた
桑がないからねえ
だけど卵はとっておいたのだよ
おまえが生れた年の晩秋蚕《ばんしゅうさん》だよ
行李《こうり》の底から砂粒のようなものをとりだして笊に入れ
その前に坐りこんだ
おまえも職につけたし三十年ぶりに蚕を飼うよ
朝でかけるときみると
砂粒のようなものは微動もしなかったが
ほら　じき生れるよ
夕方帰ってきてドアをあけると首をふりむけざま
ほら　生れるところだよ
ぼくは努《つと》めてやさしく
明日きっとうまくゆく今日はもう寝なさい
だがひとところに目をすえたまま
夜あかしするつもりらしい
ぼくはゆめをみたその夜
七月の強烈な光りに灼《や》かれる代赭色《たいしゃいろ》の道
道の両側に渋色《しぶいろ》に燃えあがる桑木群を
桑の木から微《かす》かに音をひきながら無数の死んだ蚕が
　降っている
朝でかけるときのぞくと
砂粒のようなものは
よわく匂って腐敗をていしてるらしいが

ほら今日誕生で忙しくなるよ
おまえ帰りに市場《いちば》にまわって桑の葉をさがしてみて
　おくれ
ぼくは歩いていて不意に脚《あし》がとまった
汚れた産業道路並木によりかかった
七十年生きて失くした一反歩《いったんぶ》の桑畑にまだ憑《つ》かれて
　るこれは何だ
白髪に包まれた小さな頭蓋《ずがい》のなかにひらかれてる土
　地は本当に幻か
この幻の土地にぼくの幻のトラクターは走っていな
　いのか
だが今夜はどこかの国のコルホーズの話しでもして
　静かに眠らせよう
幻の蚕は運河にすてよう
それでもぼくはこまつ菜の束を買って帰ったのだが
ドアのまえでぎくりと想《おも》った
じじつ蚕が生れてはしないか
波のような咀嚼音《そしゃくおん》をたてて
瘠《や》せたおふくろの躰《からだ》をいま喰いつくしてるのではな
　いか

ひととびにドアをあけたが
ふりむいたのは嬉しげに笑いかけてきた顔
ほら　やっと生れたよ
笊を抱いてよってきた
すでにこぼれた一寸《いっすん》ばかりの虫が点々座敷を這《は》って
　いる
尺取虫《しゃくとりむし》だ
いや土色の肌は似てるが脈動する背にはえている棘《とげ》
　状《じょう》のものが異様だ
三十年秘められてきた妄執の突然変異か
刺されたら半時間で絶命するという近東砂漠の植物
　に湧くジヒギトリに酷似してる
触れたときの恐怖を想ってこわばったが
もういうべきだ
えたいしれない嗚咽《おえつ》をかんじながら
おかあさん革命は遠く去りました
革命は遠い砂漠の国だけです
この虫は蚕じゃない
この虫は見たこともない
だが嬉しげに笑う鬢《びん》のあたりに虫が這っている

肩にまつわってうごめいている
そのまま迫ってきて
革命ってなんだえ
またおまえの夢が戻ってきたのかえ
それより早くその葉を刻んでおくれ
ぼくは無言で立ちつくし
それから足指に数匹の虫がとりつくのをかんじたが
脚はうごかない
けいれんする両手で青菜をちぎりはじめた

メモ　狂母の妄執を描いた作品。しかし、革命を信じた左翼詩人の目は、母よりもずれていた。詩は、黒田喜夫自身に跳ね返る批評でもある。スターリン批判後の創作。

出典　『不安と遊撃』飯塚書店、一九五九（昭和三十四）年十二月。初出は『現代詩』第五巻第十号、一九五八（昭和三十三）年十月。再録は『詩学』第十四巻第二号、一九五九年二月。

茨木《いばらぎ》のり子《こ》　（一九二六―二〇〇六）

根府川《ねぶかわ》の海《うみ》

根府川
東海道の小駅
赤いカンナの咲いている駅

たつぷり栄養のある
大きな花の向うに
いつもまつさおな海がひろがつていた

中尉《ちゅうい》との恋の話をきかされながら
友と二人こゝを通つたことがあつた

あふれるような青春を
リュックにつめこみ
動員令をポケットに
ゆられていつたこともある

燃えさかる東京をあとに
ネーブルの花の白かつたふるさとへ

たどりつくときも
あなたは在《あ》つた

丈《たけ》高いカンナの花よ
おだやかな相模《さがみ》の海よ

沖に光る波のひとひら
あゝそんなかゞやきに似た
十代の歳月
風船のように消えた
無知で純粋で徒労だつた歳月
うしなわれたたつた一つの海賊箱

ほつそりと
蒼《あお》く
国をだきしめて
眉《まゆ》をあげていた
菜《な》ツパ服時代の小さいあたしを
根府川の海よ
忘れはしないだろう？

女の年輪をましながら
ふたゝび私は通過する
あれから八年
ひたすらに不敵なこゝろを育て

海よ

あなたのように
あらぬ方を眺めながら……。

メモ　青春愛惜の詩。戦時下の回顧だが、喪失感より未来志向が優位。明るい色彩に満ちている。「あなた」は海を指すが、最終行は文意不通。根府川駅は高台にある。
出典　『対話』不知火社、一九五五（昭和三十）年十一月。初出は『詩学』第八巻第二号、一九五三（昭和二十八）年二月。

もつと強《つよ》く

もつと強く願つていゝのだ

わたしたちは明石《あかし》の鯛《たい》がたべたいと
もつと強く願つていゝのだ
わたしたちは幾種類ものジヤムが
いつも食卓にあるようにと

もつと強く願つていゝのだ
わたしたちは朝日の射《さ》すあかるい台所が
ほしいと

すりきれた靴はあつさりとすて
キユツと鳴る新しい靴の感触を
もつとしばしば味《あじわ》いたいと

秋　旅に出たひとがあれば
ウインクで送つてやればいゝのだ

なぜだろう
萎縮することが生活なのだと
おもいこんでしまつた村と町
家々のひさしは上目《うわめ》づかいのまぶた

おーい　小さな時計屋さん
猫脊《ねこぜ》をのばし　あなたは叫んでいゝのだ
今年もついに土用《どよう》の鰻《うなぎ》と会わなかつたと

おーい　小さな釣道具屋さん
あなたは叫んでいゝのだ
俺《おれ》はまだ伊勢の海もみていないと

女がほしければ奪うのもいゝのだ
男がほしければ奪うのもいゝのだ

ああ　わたしたちが
もつともつと貪婪《どんらん》にならないかぎり
なにごとも始りはしないのだ。

メモ　欲望の解放を願った、自由主義的な価値観の詩。金銭的社会的に恵まれた人に適合的な考え方である。村や家の共同体に属する安心は採らず、不倫まで肯定する。

出典　『対話』不知火社、一九五五（昭和三十）年十一月。初出は『郵政』第七巻七号、一九五五年七月。再録は『現代詩』第二巻第八号、一九五五年八月。

六《ろく》月《がつ》

どこかに美しい村はないか
一日の仕事の終りには一杯の黒麦酒《ビール》
鍬《くわ》を立てかけ　籠《かご》を置き
男も女も大きなジョッキをかたむける

どこかに美しい街はないか
食べられる実をつけた街路樹が
どこまでも続き　すみれいろした夕暮は
若者のやさしいさざめきで満ち満ちる

どこかに美しい人と人との力はないか
同じ時代をともに生きる
したしさとおかしさとそうして怒りが
鋭い力となって　たちあらわれる

メモ　「六月」十二日に三十歳を迎えるに当たり、自らの理想を述べた詩。共産主義的で観念的な労働ユートピアである。平等・美・青春・団結・抵抗を肯定的に語る。

出典　『見えない配達夫』飯塚書店、一九五八（昭和三十三）年十一月。初出は『朝日新聞』一九五六（昭和三十一）年六月二十一日朝刊。再録は『現代詩』第四巻第八号（正しくは第四巻第七号）、一九五七（昭和三十二）年九月。

わたしが一《いち》番《ばん》きれいだったとき

わたしが一番きれいだったとき
街々はがらがら崩れていって
とんでもないところから
青空なんかが見えたりした

わたしが一番きれいだったとき
まわりの人達が沢《たく》山《さん》死んだ
工場で　海で　名もない島で
わたしはおしゃれのきっかけを落してしまった

わたしが一番きれいだったとき
だれもやさしい贈物を捧《ささ》げてはくれなかった
男たちは挙手の礼しか知らなくて
きれいな眼差《まなざし》だけを残し皆発《た》っていった

わたしが一番きれいだったとき
わたしの頭はからっぽで
わたしの心はかたくなで
手足ばかりが栗色に光った

わたしが一番きれいだったとき
わたしの国は戦争で負けた
そんな馬鹿なことってあるものか
ブラウスの腕をまくり卑屈な町をのし歩いた

わたしが一番きれいだったとき
ラジオからはジャズが溢《あふ》れた
禁煙を破ったときのようにくらくらしながら
わたしは異国の甘い音楽をむさぼった

わたしが一番きれいだったとき
わたしはとてもふしあわせ
わたしはとてもとんちんかん
わたしはめっぽうさびしかった

だから決めた　できれば長生きすることに
年とってから凄《すご》く美しい絵を描いた
フランスのルオー爺《じい》さんのように
　　　　　　　　ね

メモ　戦争前後を回顧しつつ、人生の志を述べた詩。自由奔放にも満足できない詩人は、第三の道として、精神美の体現者ルオーを挙げる。一方、戦死者の扱いは軽い。
出典　『見えない配達夫』飯塚書店、一九五八（昭和三十三）年十一月。初出は『詩文芸』第二号、一九五七（昭和三十二）年八月。初出題名「わたしが一番きれいだつたとき」。再録は『詩学』第十三巻第二号、一九五八年二月。再録題名「わたしが一番きれいだつたとき」。

小《ちい》さな娘《むすめ》が思《おも》ったこと

小さな娘が思ったこと

ひとの奥さんの肩はなぜあんなに匂うのだろう
木《もく》犀《せい》みたいに
くちなしみたいに
ひとの奥さんの肩にかかる
あの淡い靄《もや》のようなものは
なんだろう？
小さな娘は自分もそれを欲しいと思った
どんなきれいな娘にもない
とても素敵な或《あ》るなにか……

小さな娘がおとなになって
妻になって母になって
ある日不意に気づいてしまう
ひとの奥さんの肩にふりつもる
あのやさしいものは
日々
ひとを愛してゆくための
　ただの疲労であったと

メモ　架空の少女に託して既婚女性を語った、やや観念的な作品。婦人雑誌に発表された。茨木のり子は、夫と二人暮らしの三十一歳。「母になって」は実体験ではない。

出典　『見えない配達夫』飯塚書店、一九五八（昭和三十三）年十一月。初出は『婦人生活』第十二巻第三号、一九五八年三月。初出無題。初出総題「窓 詩と写真のファンタジー」。

花《はな》の名《な》

「浜松はとても進歩的ですよ」
「と申しますと？」
「全裸になっちまうんです　浜松のストリップ　そ
　りゃあ進歩的です」
なるほどそういう使い方もあるわけか　進
　歩的！
登山帽の男はひどく陽気だった
千《せん》住《じゅ》に住む甥《おい》ッ子が女と同棲しちまって
しかたないから結婚式をあげてやりにゆくという
「あなた先生ですか？」
「いいえ」
「じゃ絵《え》描《か》きさん？」

「いいえ
以前　女探偵かって言われたこともあります
やはり汽車のなかで」
「はっはっはっは」
　わたしは告別式の帰り
　父の骨を柳の箸でつまんできて
　はかなさが十一月の風のようです
　黙って行きたいのです
「今日は戦時中のように混みますね
お花見どきだから　あなた何年生れ？
へええ　じゃ僕とおない年だ　こりゃ愉快！
ラバウルの生き残りですよ　僕　まったくひどい
　もんだった
さらばラバウルよって唄《うた》　知ってる？
いい歌だったなあ」
　かつてのますらお・ますらめも
　だいぶくたびれたものだと
　お互いふっと眼を据える
　吉凶《きっきょう》あいむかい賑《にぎ》やかに東海道をのぼるより
　仕方がなさそうな

「娯楽のためにも殺気だつんだからな
でもごらんなさい　桜の花がまっさかりだ
海の色といいなあ
僕　いろいろ花の名前を覚えたいと思ってンですよ
あなた知りませんか？　ううんとね
大きな白い花がいちめんに咲いてて……」
「いい匂いがして　今ごろ咲く花？」
「そう　とても豪華な感じのする」
「印度の花のようでしょう」
「そう　そう」
「泰山木《たいざんぼく》じゃないかしら？」
「ははァ　泰山木　……僕長い間
知りたがってたんだ　どんな字を書くんです？
なるほど　メモしとこう」
　女のひとが花の名前を沢山《たくさん》知っているのなんか
　とてもいいものだよ
　父の古い言葉がゆっくりよぎる
　物心ついてからどれほど怖《おそ》れてきただろう
　死別の日を
　歳月はあなたとの別れの準備のために

おおかた費《ついや》されてきたように思われる
いい男だったわ　お父さん
娘が捧《ささ》げる一輪の花
生きている時言いたくて
言えなかった言葉です
棺《かん》のまわりに誰も居なくなったとき
私はそっと近づいて父の顔に頰《ほお》をよせた
氷ともちがう陶器ともちがう
ふしぎなつめたさ
菜《な》の花畑のまんなかの火葬場から
ビスケットを焼くような黒い煙がひとすじ昇る
ふるさとの海べの町はへんに明るく
すべてを童話に見せてしまう
鱶《ふか》に足を喰いちぎられたとか
農機具に手をまき込まれたとか
耳に虻《あぶ》が入って泣きわめくちび　交通事故
自殺未遂　腸捻転《ちょうねんてん》　破傷風《はしょうふう》　麻薬泥棒
田舎の外科医だったあなたは
他人に襲いかかる死神《しにがみ》を力まかせにぐいぐい
のけぞらせ　つきとばす

昼もなく夜もない精悍《せいかん》な獅子でした
まったく突然の
少しの苦しみもない安らかな死は
だから何者からかの御褒美《ごほうび》ではなかったかしら
「今日はお日柄《ひがら》もよろしく……仲人《なこうど》なんて
照れるなあ　あれ！　僕のモーニングの上に
どんどん荷物が　ま　いいや　しかし
東京に住もうとは思わないなあ
ありゃ人間の住むとこじゃない
田舎じゃ誠意をもってつきあえば友達は
ジャカスカ出来るしねえ　僕は材木屋です
子供は三人　あなたは？」
　父の葬儀に鳥や獣はこなかったけれど
花びら散りかかる小型の涅槃図《ねはんず》
白痴《はくち》のすーやんがやってきて廻《まわ》らぬ舌で
かきくどく
誰も相手にしないすーやんを
父はやさしく診《み》てあげた
私の頰をしたたか濡らす熱い塩化ナトリウムの
　　したたり

農夫　下駄屋　おもちゃ屋　八百屋
漁師　うどんや　瓦屋《かわらや》　小使い
好きだった名もないひとびとに囲まれて
ひとすじの煙となった野辺のおくり
棺を覆《おお》うて始めてわかる
味噌くさくはなかったから上《じょう》味噌であった仏教徒
吉良《キラ》町《ちょう》のチエホフよ
　さようなら
「旅は道ずれというけれど　いやあお蔭さんで
楽しかったな　じゃ　お達者でね」
　東京駅のプラットフォームに登山帽がまったく
紛れてしまったとき　あ　と叫ぶ
あのひとが指したのは辛夷《こぶし》の花ではなかったか
　　しら
そうだ泰山木は六月の花
もう咲いていたというのなら辛夷の花
ああ　なんといううわのそら
娘の頃に父はしきりに言ったものだ
　「お前は馬鹿だ」
「お前は抜けている」
　「お前は途方もない馬鹿だ」
リバガアゼでも詰め込むようにせっせと
世の中に出てみたら左程《さほど》の馬鹿でもないことが
かなりはっきりしたけれど
あれは何を怖れていたのですか　父上よ
それにしても今日はほんとに一寸《ちょっと》　馬鹿
かの登山帽の戦中派
花の名前の誤りを
何時《いつ》　何処《どこ》で　どんな顔して
気付いてくれることだろう

メモ　献身的開業医だった父の追悼詩。真面目な主題を、世俗的会話や花の名を間違えるユーモアで包んだ。婚礼と葬式、花とストリップが、生死雅俗の対比をなす。
出典　『鎮魂歌』思潮社、一九六五（昭和四十）年一月。初出同上。

汲《く》む

——Y・Yに——

大人になるというのは

すれっからしになることだと
思い込んでいた少女の頃
立《たち》居《い》振《ふる》舞《まい》の美しい
発音の正確な
素敵な女のひとと会いました
そのひとは私の背のびを見すかしたように
なにげない話に言いました

初《うい》々《うい》しさが大切なの
人に対しても世の中に対しても
人を人とも思わなくなったとき
堕落が始るのね　堕《お》ちてゆくのを
隠そうとしても　隠せなくなった人を何人も見ました

私はどきんとし
そして深く悟りました

大人になってもどぎまぎしたっていいんだな
ぎこちない挨拶　醜《みにく》く赤くなる
失語症　なめらかでないしぐさ

子供の悪態にさえ傷ついてしまう
頼りない生牡蠣《なまがき》のような感受性
それらを鍛える必要は少しもなかったのだな
年老いても咲きたての薔薇《ばら》　柔らかく
外にむかってひらかれるのこそ難しい
あらゆる仕事
すべてのいい仕事の核には
震える弱いアンテナが隠されている　きっと……
わたくしもかつてのあの人と同じくらいの年になり
　ました
たちかえり
今もときどきその意味を
ひっそり汲むことがあるのです

メモ　散文的な教訓詩。素直な内容を表現するため、反復・列挙・暗喩等の詩的技法は一切使っていない。女優山本安英は二十四歳年上。木下順二『夕鶴』で知られる。
出典　『鎮魂歌』思潮社、一九六五（昭和四十）年一月。初出は『いずみ』第十四巻第一号、一九六二（昭和三十七）年一月（現物未確認）。

自分《じぶん》の感受性《かんじゅせい》くらい

ぱさぱさに乾いてゆく心を
ひとのせいにはするな
みずから水やりを怠っておいて

気《き》難《むず》かしくなってきたのを
友人のせいにはするな
しなやかさを失ったのはどちらなのか

苛《いら》立《だ》つのを
近親のせいにはするな
なにもかも下手だったのはわたくし

初心消えかかるのを
暮しのせいにはするな
そもそもが　ひよわな志にすぎなかった

駄目なことの一切を
時代のせいにはするな
わずかに光る尊厳の放棄

自分の感受性くらい
自分で守れ
ばかものよ

メモ　自己責任論を説く叱責調教訓詩。大衆的人気がある。「ばかものよ」の矛先は、読者にも向かう。心の余裕や強い意志がなぜ「感受性」なのか、わかりにくい。
出典　『自分の感受性くらい』花神社、一九七七（昭和五十二）年三月。初出は『いささか』第二巻第一号、一九七五（昭和五十）年一月。初出題名「自分の感受性ぐらい」。

青《お》梅《う》街《め》道《かいどう》

内《ない》藤《とう》新宿より青梅まで
直《ちょく》として通ずるならむ青梅街道
馬糞のかわりに排気ガス
ひきもきらずに連なれり
刻《こく》を争い血走りしてハンドル握る者たちは

けさつかた　がばと跳起《とびお》き顔洗いたるや
ぐずぐずと絆創膏《ばんそうこう》はがすごとくに床《とこ》離れたる
　くるみ洋半紙
　東洋合板《ごうはん》
　北の譽《ほまれ》
　丸井クレジット
　竹春生《なま》コン
　あけぼのパン
街道の一点にバス待つと佇《たたず》めば
あまたの中小企業名
にわかに新鮮に眼底を擦過《さっか》
必死の紋《もん》どころ
はたしていくとせののちにまで
保ちうるやを危ぶみつ
さつきついたち鯉のぼり
あっけらかんと風を呑《の》み
欅《けやき》の新芽《しんめ》は　梢《こずえ》に泡だち
清涼の抹茶　天にて喫《きっ》するは誰《た》ぞ
かつて幕末に生きし者　誰一人として現存せず
たったいま産声《うぶごえ》をあげたる者も

八十年ののちには引潮《ひきしお》のごとくに連れ去られむ
さればこそ
今を生きて脈うつ者
不意にいとおし　声たてて
　鉄砲寿司
　柿沼商事
　アロベビー
　佐々木ガラス
　宇田川木材
　一声舎
　ファーマシイグループ定期便
　月島発条《つきしまはつじょう》
　えとせとら

メモ　「方丈記」を連想させる無常観の詩。商売専一の広告主の命も長くはない。詩人は、儚い人生を必死に生きる者を愛おしむ。茨木邸は青梅街道の沿線にあった。

出典　『自分の感受性くらい』花神社、一九七七（昭和五十二）年三月。初出は『いささか』第二巻第二号、一九七五（昭和五十）年十一月。

木《き》の実《み》

高い梢《こずえ》に
青い大きな果実が　ひとつ
現地の若者は　するする登り
手を伸《の》ばそうとして転《ころが》り落ちた
木の実と見えたのは
苔《こけ》むした一個の髑髏《どくろ》である

ミンダナオ島
二十六年の歳月
ジャングルのちっぽけな木の枝は
戦死した日本兵のどくろを
はずみで　ちょいと引掛《ひっか》けて
それが眼窩《がんか》であったか　鼻孔《びこう》であったかはしらず
若く逞《たくま》しい一本の木に
ぐんぐん成長していったのだ

生前
この頭を
かけがえなく　いとおしいものとして
掻抱《かきいだ》いた女《おんな》が　きっと居たに違いない

小さな顳顬《こめかみ》のひよめきを
じっと視《み》ていたのはどんな母
この髪に指からませて
やさしく引き寄せたのは　どんな女《ひと》
もし　それが　わたしだったら……

絶句し　そのまま一年の歳月は流れた
ふたたび草稿をとり出して
嵌《は》めるべき終行《しゅうぎょう》　見出《みいだ》せず
さらに幾年かが　逝《ゆ》く

もし　それが　わたしだったら
に続く一行を　遂《つい》に立たせられないまま

メモ　南方戦死兵に思いを寄せた作品。ミンダナオ島第三十五軍の守備戦は、敗戦直前の五か月間。弾薬尽き、戦病死も多かった。一九七一年のニュースに基づく詩か。

出典　『自分の感受性くらい』花神社、一九七七（昭和

五十二）年三月。初出は『本の手帖』第十二号、一九七五（昭和五十）年一月。再録は『現代詩手帖』第十八巻第十三号、一九七五年十二月。

答《こたえ》

ばばさま
ばばさま
今までで
ばばさまが一番幸せだったのは
いつだった？

十四歳の私は突然祖母に問いかけた
ひどくさびしそうに見えた日に

来《こ》しかたを振りかえり
ゆっくり思いめぐらすと思いきや
祖母の答《こたえ》は間髪を入れずだった
「火《ひ》鉢《ばち》のまわりに子供たちを坐らせて
かきもちを焼いてやったとき」

ふぶく夕《ゆうべ》
雪女《ゆきおんな》のあらわれそうな夜
ほのかなランプのもとに五、六人
膝をそろえ火鉢をかこんで坐っていた
その子らのなかに私の母もいたのだろう

ながくながく準備されてきたような
問われることを待っていたような
あまりにも具体的な
答の迅《はや》さに驚いて
あれから五十年
ひとびとはみな
搔《か》き消すように居なくなり

私の胸のなかでだけ
ときおりさざめく
つつましい団欒《だんらん》
幻のかまくら

あの頃の祖母の年さえとっくに過ぎて
いましみじみと噛《か》みしめる
たった一言《ひとこと》のなかに籠《こ》められていた
かきもちのように薄い薄い塩味のものを

メモ　亡き祖母を思う詩。家族の記憶と歴史は、長い歳月の彼方に霞んでいる。容赦なく流れ去る時間。老年を迎えた茨木のり子は、自分も流れ去る者だと感じている。
出典　『食卓に珈琲の匂い流れ』花神社、一九九二（平成四）年十二月。初出は『櫂』第二十五号、一九八七（昭和六十二）年八月。

倚《よ》りかからず

もはや
できあいの思想には倚りかかりたくない
もはや
できあいの宗教には倚りかかりたくない
もはや
できあいの学問には倚りかかりたくない
もはや

いかなる権威にも倚りかかりたくはない
ながく生きて
心底《しんそこ》学んだのはそれぐらい
じぶんの耳目《じもく》
じぶんの二本足のみで立っていて
なに不都合のことやある

倚りかかるとすれば
それは
椅子の背もたれだけ

メモ　独立心の詩。しかし、社会の本質は相互依存の役割分担であり、本作を大言壮語とする批評がある。「もはや」「倚りかかる」「椅子」には、老いが滲み出ている。
出典　『倚りかからず』筑摩書房、一九九九（平成十一）年十月。初出同上。

水《みず》の星《ほし》

宇宙の漆黒《しっこく》の闇のなかを
ひっそりまわる水の星

まわりには仲間もなく親戚もなく
まるで孤独な星なんだ

生まれてこのかた
なにに一番驚いたかと言えば
水一滴もこぼさずに廻《まわ》る地球を
外からパチリと写した一枚の写真

こういうところに棲《す》んでいましたか
これを見なかった昔のひとととは
線引きできるほどの意識の差が出てくる筈《はず》なのに
みんなわりあいぼんやりとしている

太陽からの距離がほどほどで
それで水がたっぷりと渦まくのであるらしい
中は火の玉だっていうのに
ありえない不思議　蒼《あお》い星

すさまじい洪水の記憶が残り
ノアの箱船の伝説が生まれたのだろうけれど
善良な者たちだけが選ばれて積まれた船であったのに
子子孫孫《ししそんそん》のていたらくを見れば　この言い伝えもい
　たって怪しい

軌道を逸《そ》れることもなく　いまだ死の星にもならず
いのちの豊饒《ほうじょう》を抱えながら
どこかさびしげな　水の星
極小の一分子でもある人間が　ゆえなくさびしいの
　もあたりまえで

あたりまえすぎることは言わないほうがいいのでし
　ょう

メモ　美しい地球の写真に触発され、人類の共同性を語った詩。「孤独」「死」「さびしげ」に詩人の老境が見られる。「みんな」「子子孫孫」の行は、紋切り型の表現。
出典　『倚りかからず』筑摩書房、一九九九（平成十一）年十月。初出同上。

中《なか》村《むら》稔《みのる》

（一九二七―　）

凧《たこ》

夜明けの空は風がふいて乾いていた
風がふきつけて凧がうごかなかつた
うごかないのではなかつた　空の高みに
たえず舞い颺《あが》ろうとしているのだつた

じじつたえず舞い颺つているのだつた
ほそい紐《ひも》で地上に繋がれていたから
風をこらえながら風にのつて
こまかに平均をたもつているのだつた

ああ記憶のそこに沈みゆく沼地があり
滅び去つた都市があり　人々がうちひしがれていて
そして　その上の空は乾いていた……

風がふきつけて凧がうごかなかつた
うごかないのではなかつた　空の高みに
鳴つている唸《うな》りは聞きとりにくかつたが

メモ　凧に託して敗戦後の社会を語った暗喩の詩。ソネット風十四行詩である。力の均衡により静止する凧の緊張感を描くほか、夜昼・乾湿・天地・昇降の対比がある。

出典　『樹』書肆ユリイカ、一九五四（昭和二十九）年十一月。初出は『文学界』第七巻第四号、一九五三（昭和二十八）年四月。

高《たか》野《の》喜《き》久《く》雄《お》

（一九二七―二〇〇六）

独楽《こま》

如何《いか》なる慈愛
如何なる孤独によつても
お前は立ちつくすことが出来ぬ
お前が立つのは
お前がむなしく

お前のまわりをまわつているときだ
しかし
お前がむなしく　そのまわりを　まわり
如何なるめまい
如何なるお前の vie《ヴィ》を追い越したことか
そして　更に今もなお
それによつて　誰が
そのありあまる無聊《ぶりょう》を耐えていることか

メモ　形而上学的な暗喩の詩。動静二面を持つ独楽の運動は、エネルギーを秘めながら空転する詩人自身の姿である。「vie」は人生の意。高野喜久雄は数学教師だった。
出典『独楽』中村書店、一九五七（昭和三十二）年三月。初出は『荒地詩集 1954』荒地出版社、一九五四（昭和二十九）年二月。

鏡《かがみ》

何《な》んというかなしいものを
人は　創《つく》つたことだろう
その前に立つものは
悉《ことごと》く己《おのれ》の前に立ち
その前で問うものは
そのまま　問われるものとなる
しかも　なお
その奥処《おくか》へと進み入るため
人は更に　逆にしりぞかねばならぬとは

メモ　比喩の詩。自問自答を続け堂々巡りする心の袋小路を、鏡に託して表現した。『高野喜久雄詩集』「あとがき」に、「どうせいつも同じところを回っている」とある。
出典『独楽』中村書店、一九五七（昭和三十二）年三月。初出未詳。

長《は》谷《せ》川《がわ》龍《りゅう》生《せい》（一九二八―二〇一九）

パウロウの鶴《つる》

剛《つ》よい羽毛をうち

飛翔力をはらい
いつせいに空間の霧を
たちきり、はねかえし
櫂《かい》のつばさをそろえて
数千羽という渉禽《しょうきん》の振動が
耳の奥にひびいてくる。
たんちょう類か、姉羽鶴《あねはづる》こうのとりか
どちらとも見わけのつかない
奇妙なパウロウの羽ばたきが
夜の、静かな大脳の空に、
ひらめくとびの魚の
胸鰭《むなびれ》の水さばきのように
皮膚の上から、連続的に
ひびき、わたつてくる。

絶望の沼沢地《しょうたくち》から
いつのまにか翔《と》び立ちはなれ
夜を賭《か》けてか
夜明けにむかつてか
パウロウの不思議な鶴が
百羽ぐらいづつ、一団をなして
エネルギッシユな移動を始めている。
緑色の嘴《くちばし》を斜め上方に
それぞれのウエイトを
それぞれ前方の鶴の尾端《びたん》にのせ
力の均衡をとつて
気流に滑走し
一線につらなつて
翔んでいる。

先端を切つていく一羽
それは抵抗と疲労のかたまりだ。
だが、つぎつぎと
先立ちを交替していく
つぎつぎと先立ちが
順列よく最後尾につらなつていく
バランスを構築し
小さい半円を
一線の空間にえがいて
みごとに翔んでいる

見たことはないか
それは、いつでも反射弓《はんしゃきゅう》の面で
タッチされ、誘導されている。
夜の大脳。Occipital《オクスィピタル》 脳葉《のうよう》の海の上だ。
ニヒリズムを賭けてか
夜明けにむかつてか
数千羽というパウロウの鶴が
百羽ぐらいづつ、一団をなして
挑《いど》みかかるように渡つていく。
百羽ぜんぶが嘴を上方にむけ
前の尾翼にウエイトをのせ
つらなり、もくもくとして
止《や》むことがない。

メモ 理想の革命運動を語った詩。闘争と連帯を鶴の大群の飛翔に喩えた。パウロウは、条件反射で知られるソ連の学者パブロフ。千家元麿「雁」の影響があろう。
出典 『パウロウの鶴』書肆ユリイカ、一九五七（昭和三十二）年六月。初出は『山河』第十八集、一九五五（昭和三十）年六月。再録は『詩学』第十巻第八号、一九五五年七月。再録総題「長谷川龍生作品集」。再再録は『列島詩集 1955』知加書房、一九五五年十一月。四録は日本文藝家協会編『日本詩集 1957 年度編輯』三笠書房、一九五七年一月。

理髪店《りはつてん》にて

しだいに
潜《もぐ》つてたら
巡艦鳥海《じゅんかんちょうかい》の巨体は
青みどろに揺れる藻《も》に包まれ
どうと横になつていた。
昭和七年だつたかの竣工《しゅんこう》に
三菱長崎で見たものと変りなし
しかし二〇糎《センチ》備砲《びほう》は八門までなく
三糎《センチ》高角《こうかく》などひとつもない
ひどくやられたものだ。
俺《おれ》はざつと二千万と見積つて
しだいに
上つていつた。

新宿のある理髪店で
正面に嵌《はま》つた鏡の中の客が
そんな話をして剃《そり》首《くび》を後に折つた。
なめらかだが光なみうつ西洋刃物が
彼の荒《すさ》んだ黒い顔を滑つている。
滑つている理髪師の骨のある手は
いままさに彼の瞼《まぶた》の下に
斜めにかかつた。

メモ　日常に潜む恐怖の予感を描いた詩。巡洋艦鳥海は海底五千米にあり、客の話は虚構。戦死者を顧みない儲け話に憤怒を感じたか。志賀直哉「剃刀」を連想させる。

出典　『パウロウの鶴』書肆ユリイカ、一九五七（昭和三十二）年六月。初出は『詩学』第七巻第八号、一九五二（昭和二十七）年八月。初出総題「悪霊二題」。

牟《む》礼《れ》慶《けい》子《こ》

（一九二九―二〇一二）

見《み》えない季《き》節《せつ》

できるなら
日々のくらさを　土の中のくらさに
似せてはいけないでしょうか
地上は今
ひどく形《けい》而《じ》上《じょう》学《がく》的な季節
花も紅葉《もみじ》もぬぎすてた
風景の枯淡をよしとする思想もありますが
ともあれ　くらい土の中では
やがて来る華麗な祝祭のために
数かぎりないものたちが生きているのです
その上人間の知恵は
触れればくずれるチューリップの青い芽を
まだ見えないうちにさえ
春だとも未来だともよぶことができるのです

メモ　季節に託して六〇年代の青春を語った作品。現在は冬。地上では政治的抽象論が横行中だが、地下では豊かな春が準備されている。詩人はそこに希望を見出す。

出典　『魂の領分』思潮社、一九六五（昭和四十）年十二月。初出1は『西日本新聞』一九六二（昭和三十七）

年二月二日。初出2は『中部日本新聞』一九六二年二月六日夕刊。初出3は『北海道新聞』一九六二年二月二十一日。

新川《しんかわ》和江《かずえ》

（一九二九—二〇二四）

わたしを束《たば》ねないで

わたしを束ねないで
あらせいとうの花のように
白い葱《ねぎ》のように
束ねないでください　わたしは稲穂《いなほ》
秋　大地が胸を焦《こ》がす
見渡すかぎりの金色《こんじき》の稲穂

わたしを止《と》めないで
標本箱の昆虫のように
高原からきた絵葉書のように
止めないでください　わたしは羽撃《はばた》き
こやみなく空のひろさをかいさぐっている
目には見えないつばさの音

わたしを注《つ》がないで
日常性に薄められた牛乳のように
ぬるい酒のように
注がないでください　わたしは海
夜　とほうもなく満ちてくる
苦い潮《うしお》　ふちのない水

わたしを名付けないで
娘という名　妻という名
重々しい母という名でしつらえた座に
坐りきりにさせないでください　わたしは風
りんごの木と
泉のありかを知っている風

わたしを区切らないで
，《コンマ》や・《ピリオド》　いくつかの段落

そしておしまいに「さようなら」があったりする手
　紙のようには
こまめにけりをつけないでください　わたしは終り
　のない文章
川と同じに
はてしなく流れていく　拡《ひろ》がっていく　一行の詩

メモ　自由を求める思いを語った比喩の詩。拡がってゆく稲穂・翼・海・風・詩を肯定し、枠にはめられたものを拒否する。詩人の希望で、出典にない三行目を加えた。
出典　『比喩でなく』地球社、一九六八（昭和四十三）年五月。初出は『地球』第四十二号、一九六六（昭和四十一）年十月。

ふゆのさくら

おとことおんなが
われなべにとじぶたしきにむすばれて
つぎのひからはやぬかみそくさく
なっていくのはいやなのです
あなたがしゅろうのかねであるなら
わたくしはそのひびきでありたい
あなたがうたのひとふしであるなら
わたくしはそのついくでありたい
あなたがいっこのれもんであるなら
わたくしはかがみのなかのれもん
そのようにあなたとしずかにむかいあいたい
たましいのせかいでは
わたくしもあなたもえいえんのわらべで
そうしたおままごともゆるされてあるでしょう
しめったふとんのにおいのする
まぶたのようにおもたくひさしのたれさがる
ひとつやねのしたにすめないからといって
なにをかなしむひつようがありましょう
ごらんなさいだいりびなのように
わたくしたちがならんですわったござのうえ
そこだけあかるくくれなずんで
たえまなくさくらのはなびらがちりかかる

メモ　不倫の詩。冬の桜はその象徴。素朴な印象の平仮名だけを用いて作品を読みにくくし、反道徳性を韜晦した。台所等の家庭的要素を否定、美と童心を肯定する。

出典　『比喩でなく』地球社、一九六八（昭和四十三）年五月。初出は『詩と批評』第三巻第一号、一九六八年一月。

名《な》づけられた葉《は》

ポプラの木には　ポプラの葉
何千何万芽をふいて
緑の小さな手をひろげ
いっしんにひらひらさせても
ひとつひとつのてのひらに
載《の》せられる名はみな同じ　〈ポプラの葉〉

わたしも
いちまいの葉にすぎないけれど
あつい血の樹液をもつ
にんげんの歴史の幹から分かれた小枝に
不安げにしがみついた
おさない葉っぱにすぎないけれど
わたしは呼ばれる
わたしだけの名で　朝に夕に

だからわたし　考えなければならない
誰のまねでもない
葉脈《ようみゃく》の走らせ方を　刻みのいれ方を
せいいっぱい緑をかがやかせて
うつくしく散る法を
名づけられた葉なのだから　考えなければならない
どんなに風がつよくとも

メモ　逆風の中でも自分らしく生きたいと願う述志の詩。木は人類の比喩、葉は人間の明喩、かつ言葉の暗喩でもある。中学生雑誌に発表、合唱曲としても知られる。
出典　『明日（あした）のりんご』新書館、一九七三（昭和四十八）年九月。初出は『中学生文学』第六巻第五号、一九六九（昭和四十四）年五月。再録は『小説 われら中学生（下）――青い流れに』毎日新聞社、一九六九年五月。

歌《うた》

はじめての子を持ったとき

女のくちびるから
ひとりでに洩《も》れだす歌は
この世でいちばん優しい歌だ
それは　遠くで
荒れて逆立《さかだ》っている　海のたてがみをも
おだやかに宥《なだ》めてしまう
星々を　うなずかせ
旅びとを　振りかえらせ
風にも忘れられた　さびしい谷間の
瘦《や》せたリンゴの木の枝にも
あかい　灯《ひ》をともす
おお　そうでなくて
なんで子どもが育つだろう
この　いたいけな
無防備なものが

メモ　母性愛を語った詩。発想が古今和歌集仮名序に通じる。使役形の修辞法が類似し、「やまと歌は」「あはれと思はせ」「慰むる」とある。長男博の出産は一九五五年。

出典　『土へのオード13』サンリオ出版、一九七四（昭和四十九）年四月。初出未詳。

土《つち》へのオード　1

——死は　熟したか
——いいえ　わたしの死は　まだ青い
まだ瘦《や》せている　まだ貧しい
——しだらなく寝そべっているのか　時は
死のほとりに
——いいえ　時は忠実《まめ》な農夫
いっしんに耕している
わたしの中の　未墾《みこん》の土地を
——何を蒔《ま》くのか
——土が
答えてくれる限りの質問を
穀物　豆　蔬菜《そさい》　果実　花卉《かき》　パピルス

牧草　羊歯《しだ》　蔓草《つるくさ》　蕈《きのこ》　喬木《きょうぼく》灌木《かんぼく》
柵《さく》の中には
よく肥《こ》えた家畜と家禽《かきん》たちを
野にはけものと昆虫を
森林には野鳥と爬虫類《はちゅうるい》を
海には魚介《ぎょかい》と甲殻類《こうかくるい》を
また良質の水の湧く陽当《ひあた》りのよい土地には
敏感な感受性と美しい肉体を持つ人間の種子を
——なんと迂遠《うえん》な
川を遡《さかのぼ》って海への水路をもとめるような
——さらにまた　展望のきく丘の上には
殷賑《いんしん》をきわめるであろう都市のいしずえに大理
　石の柱を
清廉《せいれん》な僧と名君と秀《ひい》でた学者・芸術家らの苗床《なえどこ》を
そうしてわたしは　一から学び直さねばならぬ
宗教　政治　経済　法律　人文・自然科学
——熟したか　死は　ほどほどに
——いえいえ　わたしの死は　まだ青い
まだ痩せている　まだ貧しい
生をたわわに　実らせることによってしかわた
　しは
死を熟させることができない
それでわたしは　青い林檎《りんご》に袋をかける
果樹園の娘のように滅法《めっぽう》いそがしい
日に何遍《なんべん》も梢《こずえ》にのぼって行く

メモ　精神的に充実した人生を望む気持ちを、農業の比喩で表現した詩。新川和江の故郷茨城県結城の豊饒な大地が連想される。「死」は「生」の意。逆説的用法である。

出典　『土へのオード13』サンリオ出版、一九七四（昭和四十九）年四月。初出は『地球』第五十二号、一九七二（昭和四十七）年四月。

水《みず》

泣いているのか　夜更《よふ》けに台所で
ぽと　ぽと　と垂《た》れる水滴

陽《ひ》の目も見ずに
暗い下水道へ流れこまねばならぬ運命を
コップに受けよう　深い大きなバケツにも
おまえはいつだって　今がはじまり
いま在《あ》るところが　みなもと
どんなに遠くからやってきたとしても

わたしを通ってゆきなさい
わたしはそれで活力を得て一篇の詩を書きます
あしたになったら
ユリの茎のリフトも昇ってごらんなさい
階上には聖なる礼拝堂がある
それとも庭にくるキジバトに飲んでもらって
思いがけない方角の空に飛んで行く？

ああ　わたしがときどき流す涙も
ぜひそのようでありたい
萬象《ものみな》のいのちをめぐり
悲しみの淵《ふち》をほぐし

つねに　つねに
天に向って朗《ほが》らかに立ち昇ってゆく……

メモ　水に託して詩の理想を語った詩。つらい運命や嘆きを受けとめて言葉にすることで、悲しみは癒され、美しい詩として昇華される。新川和江は心からそう願う。
出典　『夢のうちそと』花神社、一九七九（昭和五十四）年一月。初出は『赤旗』一九七五（昭和五十）年六月八日。

川崎《かわさき》洋《ひろし》

（一九三〇―二〇〇四）

はくちょう

はねが　ぬれるよ　はくちょう
みつめれば
くだかれそうになりながら
かすかに　はねのおとが

ゆめにぬれるよ　はくちょう
たれのゆめに　みられている？

そして　みちてきては　したたりおち
そのかげ　が　はねにさしこむように
さまざま　はなしかけてくる　ほし

かげは　あおいそらに　うつると
しろい　いろになる？

うまれたときから　ひみつをしっている
はくちょう　は　やがて
ひかり　の　もようのなかに
におう　あさひの　そむ　なかに
そらへ

すでに　かたち　が　あたえられ
それは
はじらい　のために　しろい　はくちょう
もうすこしで
しきさい　に　なってしまいそうで

はくちょうよ

メモ　白鳥の美を描いた詩。白鳥の単一純白色と、句読点なき平仮名表記が響き合う、大変巧みな作品。初出誌合評に「彫りが浅い感じ」「一つの峠に達した」とある。
出典　『はくちょう』書肆ユリイカ、一九五五（昭和三十）年九月。初出は『詩学』第七巻第八号、一九五二（昭和二十七）年八月。

どうかして

樹《き》
なんとかお前に交わる方法はないかしら
葉のしげり方
なんとかお前と
交叉《こうさ》するてだてはないかしら

鳥
お前が雲に消え入るように

僕がお前に
すっと入ってしまうやり方は
ないかしら
そして
僕自身も気付かずに
身体の重みを風に乗せるコツを
僕の筋肉と筋肉の間に置けないかしら

夕陽
教えておくれ
どうして
坂の上に子供達が集まって
おまえを視《み》るのか
どうして
子供達は
小さな頬《ほお》の上に忙しく手を動かして
まるで
夕陽をそこにすりこむようにして
其処《そこ》に
歌かおしゃべりか判《わか》らない喚声《かんせい》が

渦を巻くのか
日の暮れ方を教えておくれ
森の色の変り方を
蜻蛉《とんぼ》の羽の透《す》きとおり方を
土のしめり方を
粗《あら》い草の匂い方を
教えておくれ

メモ　幼少期回想の詩。自然豊かな戦前の馬込が舞台。川崎洋作品に共通する、純粋無邪気の児童観に基づく詩である。自解によれば、「ないかしら」は丁寧な男言葉。
出典　『木の考え方』国文社、一九六四（昭和三十九）年十二月。初出は『詩学』第十一巻第一号、一九五六（昭和三十一）年一月。

飯島耕一《いいじまこういち》

（一九三〇—二〇一三）

他人《たにん》の空《そら》

鳥たちが帰つて来た。
地の黒い割れ目をついばんだ。
見慣れない屋根の上を
上つたり下つたりした。
それは途方に暮れているように見えた。

空は石を食つたように頭をかかえている。
物思いにふけつている。
もう流れ出すこともなかつたので、
血は空に
他人のようにめぐつている。

〈すべての戦いのおわりⅠ〉

メモ　敗戦後の虚脱感や戸惑いを表現した詩。元航空士官志望の詩人は、目標喪失の空虚感を超現実主義の手法で表白した。復員兵・食糧不足・価値反転が背景にある。
出典『他人の空』書肆ユリイカ、一九五三（昭和二十八）年十二月。初出は『詩行動』第三巻第十号、一九五三年十月。初出総題「すべての戦いの終り」。初出題名「Ⅰ他人の空」。

わが母音《ぼいん》

純粋な
母音の空間に生れるもの。
不在であるために
いつそうぼくを駆《か》りたてる
いくつもの夢。
ぼくらは繰返すことしかできないが
繰返しのなかに
とある暁《あかつき》の最初の母音のように
響きあうイマージユがある。
わが母音は
ぼくらがすばらしく生きる力を妨げる
あの首くくるような悔恨《かいこん》よりも強力だ。
それは光を追う透明さを持つから
ぼくらは何度も見失いがちになる。
澄んだ母音を見つけることが
ぼくらの日課の色どりであればよい。

それは恐ろしい現実にたち向かう
ぼくらの　幸福すぎる
権利なのだ。
まるい小石を蹴《け》るように最初の母音を蹴りながら
ぼくは今日も雑踏のうちにまぎれこむ。
雑踏のなかにいても　一人は一人であることができ
一人は一人を愛することができる。
そして二人でつくった
まだ秘密の愛の誓いのように
ぼくはわが母音をひそかに培《つちか》い、忘れて見失わぬ
術《すべ》をおぼえる。

メモ　希望の詩。詩法の詩。六例の「母音」を「希望」「詩」に置き換えれば理解できる。背景に詩「母音」の作者ランボーへの関心、一九五四年の肺切除手術がある。
出典　『わが母音』書肆ユリイカ、一九五五（昭和三十）年十月。初出未詳。

母国語《ぼこくご》

外国に半年いたあいだ
詩を書きたいと
一度も思わなかった
わたしはわたしを忘れて
歩きまわっていた
なぜ詩を書かないのかとたずねられて
わたしはいつも答えることができなかった。
日本に帰って来ると
しばらくして
詩を書かずにいられなくなった
わたしには今
ようやく詩を書かずに歩けた
半年間のことがわかる。
わたしは母国語のなかに
また帰ってきたのだ。
母国語ということばのなかには
母と国と言語がある
母と国と言語から
切れていたと自分に言いきかせた半年間

わたしは傷つくことなく
現実のなかを歩いていた。
わたしには　詩を書く必要は
ほとんどなかった。

四月にパウル・ツェランが
セーヌ川に投身自殺をしたが、
ユダヤ人だったこの詩人のその行為が、
わたしにはわかる気がする。
詩とは悲しいものだ
詩とは国語を正すものだと言われるが
わたしにとってはそうではない
わたしは母国語で日々傷を負う
わたしは毎夜　もう一つの母国語へと
出発しなければならない
それがわたしに詩を書かせ　わたしをなおも存在さ
せる。

メモ　詩と母国語の密接な関係を語った詩。仏語教授飯島耕一は、一九七〇年十月までパリに滞在。ツェランは亡命ドイツ語圏詩人。繊細な感情表現は母語でのみ可能。

出典　『ゴヤのファースト・ネームは』青土社、一九七四（昭和四十九）年五月。初出は『朝日ジャーナル』第十三巻第六号、一九七一（昭和四十六）年二月十二日号。

大《おお》岡《おか》信《まこと》

（一九三一―二〇一七）

うたのように　3

十六才の夢の中で、私はいつも感じていた、私の眼からまっすぐに伸《の》びる春の舗道《ほどう》を。空にかかつて、見えない無数の羽音に充《み》ちて、舗道は海まで一面の空色のなかを伸びていつた。恋人たちは並木の梢《こずえ》に腰かけて、白い帽子を編んでいた。風が綿毛《わたげ》を散らしていた。

十六才の夢の中で、私は自由に溶《と》けていた。真昼の空に、私は生きた水中花だつた。やさしい牝馬《めうま》の瞳《ひとみ》をした年上の娘は南へ行つた。彼女の手紙は水蓮の香と潮の匂《におい》をのせてきた。小麦色した動物たちは、私の牧場で虹を渡る稽古をつづけた。

私はすべてに「いいえ」と言った。けれどもからだは、躍りあがつて「はい」と叫んだ。

メモ　思春期の夢を描いた散文詩。初出時の大岡信は二十四歳。青春・未来・希望・理想・期待・恋愛・感覚などのイメージが散りばめられている。末尾二行が印象的。
出典　『記憶と現在』書肆ユリイカ、一九五六（昭和三十一）年七月。初出は『三田文学』第四十五巻第十一号、一九五五（昭和三十）年十一月。初出総題「作品」。初出題名「うたのように（三）」。

地《ち》名《めい》論《ろん》

水道管はうたえよ
御茶の水は流れて
鵠沼《くげぬま》に溜《たま》り
荻窪《おぎくぼ》に落ち
奥入瀬《おいらせ》で輝け
サッポロ
バルパライソ
トンブクトゥーは
耳の中で
雨垂《あまだ》れのように延びつづけよ
奇体にも懐《なつ》かしい名前をもった
すべての土地の精霊よ
時間の列柱となって
おれを包んでくれ
おお　見知らぬ土地を限りなく
数えあげることは
どうして人をこのように
音楽の房《ふさ》でいっぱいにするのか
燃えあがるカーテンの上で
煙が風に
形をあたえるように
名前は土地に
波動をあたえる
土地の名前はたぶん
光でできている

外国なまりがベニスといえば
しらみの混ったベッドの下で
暗い水が囁《ささや》くだけだが
おお　ヴェネーツィア
故郷を離れた赤《あか》毛《げ》の娘が
叫べば　みよ
広場の石に光が溢《あふ》れ
風は鳩を受胎する
おお
それみよ
瀬《せ》田《た》の唐《から》橋《はし》
雪《せっ》駄《た》のからかさ
東京は
いつも
曇り

メモ　大岡信の代表作。水の連想や音の類似を用いた技巧詩。現代詩が感動よりも知的構築に流れたことを物語る。御茶の水は、当時教えていた明治大学の所在地。

出典　『大岡信詩集』思潮社、一九六八（昭和四十三）年二月。初出は『現代詩手帖』第十巻第四号、一九六七（昭和四十二）年四月。再録は『現代詩手帖』第十巻第十二号、一九六七年十二月。

安《やす》水《みず》稔《とし》和《かず》　（一九三一―二〇二二）

君《きみ》はかわいいと

君はかわいいと
どうしていっていけないわけがあろう。
ただ言葉は変にいこじで妬《ねた》み深く
君とぼくとのなかを
心よからずおもいがちで
君とぼくとのあいだを
ゆききしたがらない。
だから君
ちょっと耳を。
どうだろう
言葉にいっぱい

くわせてやっては。
かわいいという言葉を
君のかわいい口にほおりこみ
君のかわいい唇《くちびる》のうえから
しっかりと封印しよう
ぼくの唇で。
奴《やつ》めきっと憤然と
君の口のなかで悶死するにちがいない。
言葉の死んだあとに
愛が残るとすれば。
だから君
どうだろう

メモ　接吻を題材にした、ジャック・プレヴェール風の機知の詩。「愛」は形而上学的で抽象的である。言葉への不信は、同時期の田村隆一「帰途」とも共通する。
出典　『愛について』人文書院、一九五六（昭和三十一）年九月。初出未詳。

鳥《とり》

鳥が夢をみた。
いつおわるともしれぬ
ながいながい夢をみた。
いつまでたっても
飛びたてぬ、
飛びたとうと
羽ばたいて
けんめいに走るのだが
いつまでたっても
土の上を走っている、
砂をけちらし
水たまりにふみこみ
なりふりかまわず走るのだが
いつまでたっても
土から離れられぬ――
にがいにがい夢をみた。

メモ　鳥は、非力で焦燥感に満ちた人間の暗喩。不安や苦悩の中で理想を求めてやまない詩人の自画像でもある。現代詩らしく、自由な鳥という一般的イメージを崩した。
出典　『鳥』くろおぺす社、一九五八（昭和三十三）年十一月。初出未詳。

入《いり》沢《さわ》康《やす》夫《お》

（一九三一—二〇一八）

未《み》確《かく》認《にん》飛《ひ》行《こう》物《ぶっ》体《たい》

薬罐《やかん》だつて、
空を飛ばないとはかぎらない。

水のいつぱい入つた薬罐が
夜ごと、こつそり台所をぬけ出し、
町の上を、
畑の上を、また、つぎの町の上を
心もち身をかしげて、
一生けんめいに飛んで行く。

天《あま》の河《がわ》の下、渡りの雁の列の下、
人工衛星の弧《こ》の下を、
息せき切つて、飛んで、飛んで、
（でももちろん、そんなに早かないんだ）
そのあげく、
砂漠のまん中に一輪咲いた淋しい花、
大好きなその白い花に、
水をみんなやつて戻つて来る。

メモ　不器用で誠実なやかんの愛を描いたユーモア詩。旧式のアルマイト福徳瓶の湯沸かしだろう。砂漠の花は『星の王子さま』を連想させる。入沢康夫は仏文学者。

出典　『春の散歩』青土社、一九八二（昭和五十七）年六月。初出は『読売新聞』一九七八（昭和五十三）年十二月八日夕刊。

谷《たに》川《かわ》俊《しゅん》太《た》郎《ろう》

（一九三一—　）

かなしみ

あの青い空の波の音が聞えるあたりに

何かとんでもないおとし物を
僕はしてきてしまつたらしい

透明な過去の駅で
遺失物係の前に立つたら
僕は余計に悲しくなつてしまつた

メモ　存在不安の詩。豊多摩高校定時制卒業直前の三月十六日作。詩人は就職・進学の意志がなく、学校や職場に属さない。宮沢賢治「銀河鉄道の夜」の影響がある。
出典　『二十億光年の孤独』創元社、一九五二（昭和二十七）年六月。初出未詳。

はる

はなをこえて
しろいくもが
くもをこえて
ふかいそらが

はなをこえ
くもをこえ
そらをこえ
わたしはいつまでものぼつてゆける

はるのひととき
わたしはかみさまと
しずかなはなしをした

メモ　平仮名で書かれた精神的全能感の詩。創作行為を語った作品でもある。谷川俊太郎作詞「鉄腕アトム」（一九六三年）冒頭の「空をこえて」に通じる発想がある。
出典　『二十億光年の孤独』創元社、一九五二（昭和二十七）年六月。初出未詳。

二十億光年《にじゅうおくこうねん》の孤独《こどく》

人類は小さな球の上で
眠り起きそして働き
ときどき火星に仲間を欲しがつたりする

火星人は小さな球の上で

何をしてるか　僕は知らない
（或《あるい》はネリリし　キルルし　ハララしているか）
しかしときどき地球に仲間を欲しがつたりする
それはまつたくたしかなことだ

万有引力とは
ひき合う孤独の力である

宇宙はひずんでいる
それ故《ゆえ》みんなはもとめ合う

宇宙はどんどん膨《ふくら》んでゆく
それ故みんなは不安である

二十億光年の孤独に
僕は思はずくしやみをした

メモ　高校新卒者の不安の詩。五月一日作。谷川俊太郎は三月に定時制高校卒業後も、一人で詩を書く孤独な生活をしていた。詩人は宇宙（社会）に仲間を求める。

出典　『二十億光年の孤独』創元社、一九五二（昭和二十七）年六月。初出は『文学界』第四巻第十二号、一九五〇（昭和二十五）年十二月。初出総題「ネロ」。

ネロ

――愛された小さな犬に

ネロ
もうじき又夏がやつてくる
お前の舌
お前の眼
お前の昼寝姿が
今はつきりと僕の前によみがえる
お前はたつた二回程夏を知つただけだつた
僕はもう十八回の夏を知つている
そして今僕は自分のや又自分のでないいろいろの夏
　を思い出している
メゾンラフィットの夏
淀《よど》の夏
ウイリアムスバーグ橋の夏

オランの夏
そして僕は考える
人間はいつたいもう何回位の夏を知つているのだろ
　うと

ネロ
もうじき又夏がやつてくる
しかしそれはお前のいた夏ではない
又別の夏
全く別の夏なのだ

新しい夏がやつてくる
そして新しいいろいろのことを僕は知つてゆく
美しいこと　みにくいこと　僕を元気づけてくれる
　ようなこと　僕をかなしくするようなこと
そして僕は質問する
いつたい何だろう
いつたい何故《なぜ》だろう
いつたいどうするべきなのだろうと

ネロ
お前は死んだ
誰にも知れないようにひとりで遠くへ行つて
お前の声
お前の感触
お前の気持までもが
今はつきりと僕の前によみがえる

しかしネロ
もうじき又夏がやつてくる
新しい無限に広い夏がやつてくる
そして
僕はやつぱり歩いてゆくだろう
新しい夏をむかえ　秋をむかえ　冬をむかえ
春をむかえ　更に新しい夏を期待して
すべての新しいことを知るために
そして
すべての僕の質問に自ら答えるために

メモ　隣家の犬を追悼しつつ、未来へ進む決意を語った詩。一九五〇年六月五日、季節初の陽光を見た感動の中で執筆された。文学・映画の舞台地名に言及している。
出典　『二十億光年の孤独』創元社、一九五二（昭和二十七）年六月。初出は『文学界』第四巻第十二号、一九五〇（昭和二十五）年十二月。初出総題「ネロ」。

41

空の青さをみつめていると
私に帰るところがあるような気がする
だが雲を通つてきた明るさは
もはや空へは帰つてゆかない

陽《ひ》は絶えず豪華に捨てている
夜になつても私達は拾《ひろ》うのに忙しい
人はすべていやしい生まれなので
樹《き》のように豊かに休むことがない

窓があふれたものを切りとつている
私は宇宙以外の部屋を欲しない
そのため私は人と不和になる

在《あ》ることは空間や時間を傷つけることだ
そして痛みがむしろ私を責める
私が去ると私の健康が戻つてくるだろう

メモ　人間関係の悩みを語った詩。自我を捨てられない悲しさでもある。恋人岸田衿子との葛藤が背景。全能感を持つ恵まれた若者が体験した、初めての軋轢である。
出典　『六十二のソネット』創元社、一九五三（昭和二十八）年十二月。初出は『文学界』第七巻第四号、一九五三年四月。初出題名「ソネット」。

62

世界が私を愛してくれるので
（むごい仕方《しかた》でまた時に
やさしい仕方で）
私はいつまでも孤《ひと》りでいられる

私に始めてひとりのひとが与えられた時にも
私はただ世界の物音ばかりを聴《き》いていた

私には単純な悲しみと喜びだけが明らかだ
私はいつも世界のものだから

空に樹《き》にひとに
私は自らを投げかける
やがて世界の豊かさそのものとなるために

……私はひとを呼ぶ
すると世界がふり向く
そして私がいなくなる

メモ　幸福感の詩。世界との葛藤はない。谷川青年の真直ぐな育ちが感じられる。「ひと」は、一九五二年に交際を始めた岸田衿子。北軽井沢の谷川家別荘で書かれた。
出典　『六十二のソネット』創元社、一九五三（昭和二十八）年十二月。初出未詳。

愛《あい》

Paul Klee に

いつまでも

そんなにいつまでも
むすばれているのだどこまでも
そんなにどこまでもむすばれているのだ
弱いもののために
愛し合いながらもたちきられているもの
ひとりで生きているもののために
いつまでも
そんなにいつまでも終らない歌が要《い》るのだ
天と地とをあらそわせぬために
たちきられたものをもとのつながりに戻すため
ひとりの心をひとびとの心に
塹壕《ざんごう》を古い村々に
空を無知な鳥たちに
お伽話《とぎばなし》を小さな子らに
蜜を勤勉な蜂たちに
世界を名づけられぬものにかえすため
どこまでも
そんなにどこまでもむすばれている
まるで自ら終ろうとしているように
まるで自ら全《まった》いものになろうとするように

神の設計図のようにどこまでも
そんなにいつまでも完成しようとしている
すべてをむすぶために
たちきられているものはひとつもないように
すべてがひとつの名のもとに生き続けられるように
樹《き》がきこりと
少女が血と
窓が恋と
歌がもうひとつの歌と
あらそうことのないように
生きるのに不要なもののひとつもないように
そんなに豊かに
そんなにいつまでもひろがってゆくイマージュがある
世界に自らを真似させようと
やさしい目差《まなざし》でさし招くイマージュがある

メモ　愛情の和合と離反を描いた二律背反の詩。結合と断絶の葛藤・不安がある。谷川俊太郎は一九五四年十月に岸田衿子と結婚。婚前から喧嘩続きで程なく別居した。
出典　『愛について』東京創元社、一九五五（昭和三十）年十月。初出は『詩学』第九巻第八号、一九五四（昭和二十九）年八月。

朝《あさ》のリレー

カムチャツカの若者が
きりんの夢を見ているとき
メキシコの娘は
朝もやの中でバスを待っている
ニューヨークの少女が
ほほえみながら寝がえりをうつとき
ローマの少年は
柱頭《ちゅうとう》を染める朝陽《あさひ》にウインクする
この地球では
いつもどこかで朝がはじまっている

ぼくらは朝をリレーするのだ
経度から経度へと
そうしていわば交替で地球を守る
眠る前のひととき耳をすますと

どこか遠くで目覚時計《めざまし》のベルが鳴ってる
それはあなたの送った朝を
誰かがしっかりと受けとめた証拠なのだ

メモ　全地球的な若者の連帯感を表現した詩。中高年は登場しない。一九六〇年代は、ベトナム反戦運動や紅衛兵運動など、青年による世界的な政治の季節でもあった。

出典　『日本の詩人17谷川俊太郎詩集』河出書房、一九六八（昭和四十三）年五月。出典総題「祈らなくていいのか――未刊詩集」。初出同上。

生《い》きる

生きているということ
いま生きているということ
それはのどがかわくということ
木《こ》もれ陽《び》がまぶしいということ
ふっと或《あ》るメロディを思い出すということ
くしゃみをすること
あなたと手をつなぐこと

生きているということ
いま生きているということ
それはミニスカート
それはプラネタリウム
それはヨハン・シュトラウス
それはピカソ
それはアルプス
すべての美しいものに出会うということ
そして
かくされた悪を注意深くこばむこと

生きているということ
いま生きているということ
泣けるということ
笑えるということ
怒れるということ
自由ということ

生きているということ
いま生きているということ

いま遠くで犬が吠えるということ
いま地球が廻《まわ》っているということ
いまどこかで産声《うぶごえ》があがるということ
いまどこかで兵士が傷つくということ
いまぶらんこがゆれているということ
いまいまが過ぎてゆくこと

生きているということ
いま生きているということ
鳥ははばたくということ
海はとどろくということ
かたつむりははうということ
人は愛するということ
あなたの手のぬくみ
いのちということ

メモ　生きることを定義した詩。列挙法を活用した仏詩人ポール・エリュアール「自由」の影響が顕著。谷川俊太郎は、生きる手ごたえを一瞬の感覚にのみ求めている。
出典『うつむく青年』山梨シルクセンター出版部、一九七一（昭和四十六）年九月。初出未詳。

ののはな

はなのののはな
はなのななあに
なずなななのはな
なもないのばな

メモ　「花野の野の花／花の名なあに／薺菜の花／名も無い野花」。七五調の春の詩で、な十二字、の七字、は五字、他は各一字。幼児向け雑誌に発表されたという。
出典『ことばあそびうた（限定版）』福音館書店、一九七二（昭和四十七）年十月。普及版は一九七三（昭和四十八）年十月。初出未詳。

かっぱ

かっぱかっぱらった
かっぱらっぱかっぱらった
とってちってた

かっぱなっぱかった
かっぱなっぱいっぱかった
かってきってくった

メモ　促音と破裂音の詩。現代詩黙読主義の反対命題作品。「とってちってた」は陸軍風ラッパ音である。なお、木島始に言葉遊び詩「らっぱ」がある。影響関係は未詳。

出典　『ことばあそびうた（限定版）』福音館書店、一九七二（昭和四十七）年十月。普及版は一九七三（昭和四十八）年十月。初出は『母の友』第二〇九号、一九七〇（昭和四十五）年十月。初出総題「私のことばあそびうた」。初出題名「河童」。

いるか

いるかいるか
いないかいるか
いないいないいるか
いつならいるか
よるならいるか
またきてみるか
いるかいないか
いないかいるか
いるいるいるか
いっぱいいるか
ねているいるか
ゆめみているか

メモ　「海豚」「居るか」を掛けた、複数の読みが可能な詩。水族館で水面へ出入りを繰り返すイルカの生態をも捉えている。「夜」「寝て」「夢」のイメージの連鎖がある。

出典　『ことばあそびうた（限定版）』福音館書店、一九七二（昭和四十七）年十月。普及版は一九七三（昭和四十八）年十月。初出は『母の友』第二一一号、一九七〇（昭和四十五）年十二月。初出総題「私のことばあそびうた」。

芝《しば》生《ふ》

そして私はいつか
どこかから来て
不意にこの芝生の上に立っていた
なすべきことはすべて

私の細胞が記憶していた
だから私は人間の形をし
幸せについて語りさえしたのだ

メモ　存在論的な詩。人はみな、気づいたら生きていた。そして、本来の目標に向かうよう求められる。「芝生」は快適な人工空間。「私」の生まれの良さを物語る。

出典　『夜中に台所でぼくはきみに話しかけたかった』青土社、一九七五（昭和五十）年九月。初出は『早稲田文学』第五巻第四号、一九七三（昭和四十八）年四月。初出総題「残闕」。

おならうた

いもくって　ぶ
くりくって　ぼ
すかして　へ
ごめんよ　ば
おふろで　ぽ
こっそり　す
あわてて　ぷ
ふたりで　ぴょ

メモ　児童向きの言葉遊び歌。各行五拍の規則的韻律を持つ。『わらべうた』収録だが、むしろ大人が喜ぶ創作詩である。親向けに販売された商品としての側面がある。

出典　『わらべうた』集英社、一九八一（昭和五十六）年十月。初出は『すばる』第二巻第一号、一九八〇（昭和五十五）年一月。初出総題「わらべうた」。

さようなら

ぼくもういかなきゃなんない
すぐいかなきゃなんない
どこへいくのかわからないけど
さくらなみきのしたをとおって
おおどおりをしんごうでわたって
いつもながめてるやまをめじるしに
ひとりでいかなきゃなんない
どうしてなのかしらないけど
おかあさんごめんなさい

おとうさんにやさしくしてあげて
ぼくすききらいいわずになんでもたべる
ほんもいまよりたくさんよむとおもう
よるになったらほしをみる
ひるはいろんなひととはなしをする
そしてきっといちばんすきなものをみつける
みつけたらたいせつにしてしぬまでいきる
だからとおくにいてもさびしくないよ
ぼくもういかなきゃなんない

メモ　自立心や親離れを描いた平仮名詩。男児に仮託して、普遍的な別離・出発の思いを語っている。谷川俊太郎は一九八四年に母多喜子と死別。佐野洋子と再会した。

出典『はだか』筑摩書房、一九八八（昭和六十三）年七月。初出未詳。

吉《よし》原《はら》幸《さち》子《こ》

（一九三二―二〇〇二）

無題《ナンセンス》

風　吹いてゐる
木　立ってゐる
ああ　こんなよる　立ってゐるのね　木

風　吹いてゐる　木　立ってゐる　音がする

よふけの　ひとりの　浴室の
せっけんの泡　かにみたいに吐《は》きだす　にがいあそび
ぬるいお湯

なめくぢ　匍《は》ってゐる
浴室の　ぬれたタイルを
ああ　こんなよる　匍ってゐるのね　なめくぢ

おまへに塩をかけてやる
するとおまへは　ゐなくなるくせに　そこにゐる

　おそろしさとは
ゐることかしら

　ゐないことかしら
また　春がきて　　また　風が　吹いてゐるのに
わたしはなめくぢの塩づけ　　わたしはゐない
どこにも　ゐない
わたしはきっと　せっけんの泡に埋もれて　流れ
　てしまったの
ああ　こんなよる

メモ　虚無感無力感の詩。空白、助詞省略、新旧表記の混在が効果的。語り手は自分が「ゐない」方が良かったとすら感じている。存在自体に悩む精神状態を表現した。
出典『幼年連禱』歴程社、一九六四（昭和三十九）年五月。初出は『歴程』第八十一号、一九六三（昭和三十八）年三月。

喪失《そうしつ》ではなく

大きくなって
小さかったことのいみを知ったとき
わたしは〝えうねん〟を
ふたたび　もった
こんどこそ　ほんたうに
はじめて　もった

誰でも　いちど　小さいのだった
わたしも　いちど　小さいのだった
電車の窓から　きょろきょろ見たのだ
けしきは　新しかったのだ　いちど

それがどんなに　まばゆいことだったか
大きくなったからこそ　わたしにわかる

だいじがることさへ　要《い》らなかった
子供であるのは　ぜいたくな　哀《かな》しさなのに
そのなかにゐて　知らなかった
雪をにぎって　とけないものと思ひこんでゐた
いちどのかなしさを

いま　こんなにも　だいじにおもふとき
わたしは〝えうねん〟を　はじめて生きる
もういちど　電車の窓わくにしがみついて
青いけしきのみづみづしさに　胸いっぱいになって
わたしは　ほんたうの
少しかなしい　子供になれた――

メモ　幼年再発見の詩。吉原幸子は、誕生生育期の真実を大人になって知った。それは表面的喪失だが、本質的には哀しい回復である。詩には二律背反の感情がある。
出典『幼年連禱』歴程社、一九六四（昭和三十九）年五月。初出同上。

初恋《はつこい》

ふたりきりの教室に　遠いチンドン屋
黒板によりかかって　窓をみてゐた
女の子と　もうひとりの女の子
おなじ夢への　さびしい共犯

ひとりはいま　ちがふ夢の　窓をみてゐる
ひとりは　もうひとりのうしろ姿をみてゐる
ほほゑみだけは　ゆるせなかった
おとなになるなんて　つまらないこと

ひとりが　いたづらっ子に　キスを盗まれた
いたづらっ子は　そっぽをむいてわらった
いたづらっ子は　それから　いぢめっ子になった
けふは歯をむいて「キミ　ヤセタナ」といった

それでひとりは　黒板に書く
オコラナイノデスカ　ナクダケデスカ
ひとりはだまって　ほほゑみながら
二つの「カ」の字を　消してみせた

うすい昼に　チンドン屋のへたくそラッパ　急に高

まる

メモ　演劇の一場面を連想させる詩。精神的痛みに耐える姿を肯定している。少女は二人とも詩人の分身。最終行は脚本ト書き風。吉原幸子は劇団四季で主役を演じた。
出典『幼年連禱』歴程社、一九六四（昭和三十九）年五月。初出同上。

あたらしいいのちに

おまへにあげよう
ゆるしておくれ　こんなに痛いいのちを
それでも　おまへにあげたい
いのちの　すばらしい痛さを

あげられるのは　それだけ
痛がれる　といふことだけ
でもゆるしておくれ
それを　だいじにしておくれ
耐へておくれ
貧しいわたしが
この富に　耐へたやうに——

はじめに　来るのだよ
痛くない　光りかがやくひとときも
でも　知ってから
そのひとときをふりかへる　二重の痛みこそ
ほんたうの　いのちの　あかしなのだよ

ぎざぎざになればなるほど
おまへは　生きてゐるのだよ
わたしは耐へよう　おまへの痛さを　うむため
おまへも耐へておくれ　わたしの痛さに　免《めん》じて

メモ　一九六〇年の妊娠中に書かれた詩。吉原幸子は、出生自体が生涯の精神的痛みの源泉となった自らの体験を思う。真の痛苦は全てを「知ってから」訪れた。
出典『幼年連禱』歴程社、一九六四（昭和三十九）年五月。初出同上。

Jに

身をのり出して
時計の　チクタクを　おまへはきく

おまへは　何でも　さはってみる
おまへは　何でも　なめてみる

なんてみづみづしいのだらう　世界は
なんて　匂ひや味に　充《み》ちてゐるのだらう

おとなたちは　もう忘れてしまった

花びらは　どんな味がするか
おさじは　どんな重みがあるか
時計は　どんな音がするか

手をさしのべ
身をのり出して
むきたての世界を　おまへは　つかむ

メモ　息子純の目に映る世界の新鮮さを語った詩。作中には時計が登場する。この瞬間にもチクタク時は流れ、Jを含む誰もが、幼少期の鮮やかな感覚を喪失してゆく。
出典　『幼年連禱』歴程社、一九六四（昭和三十九）年五月。初出同上。

パンの話《はなし》

まちがへないでください
パンの話をせずに　わたしが
バラの花の話をしてゐるのは
わたしにパンがあるからではない
わたしが　不心得《ふこころえ》ものだから
バラを食べたい病気だから
わたしに　パンよりも
バラの花が　あるからです

飢える日は
パンをたべる
飢える前の日は
バラをたべる

だれよりもおそく　パンをたべてみせる
パンがあることをせめないで
バラをたべることを　せめてください——

メモ　金銭（パン）と芸術（バラ）の関係が主題。父吉原陽は裕福な銀行家。文学演劇を富裕層の道楽視する人に対し、吉原幸子は詩を求める精神的切実さを強調する。
出典　『夏の墓』思潮社、一九六四（昭和三十九）年十二月。初出未詳。

オンディーヌ I

水

わたしのなかにいつも流れるつめたいあなた

純粋とはこの世でひとつの病気です
愛を併発してそれは重くなる
だから
あなたはもうひとりのあなたを
病気のオンディーヌをさがせばよかった

ハンスたちはあなたを抱きながら
いつもよそ見をする
ゆるさないのが　あなたの純粋
もっとやさしくなって
ゆるさうとさへしたのが
あなたの堕落
あなたの愛

愛は堕落なのかしら　いつも
水のなかの水のやうに充《み》ちたりて
透明なしづかないのちであったものが
冒《おか》され　乱され　濁《にご》される
それが　にんげんのドラマのはじまり
破局にむかっての出発でした

にんげんたちはあなたより重い靴をはいてゐる
靴があなたに重すぎたのは　だれのせゐでもない

さびしいなんて

はじめから　あたりまへだった
ふたつの孤独の接点が
スパークして
とびのくやうに
ふたつの孤独を完成する
決して他の方法ではなされないほど
完全に
うつくしく

メモ　ジロドゥの戯曲に託して、人への思いを語った詩。水の精オンディーヌは、人間界の騎士ハンスと関係を持つが裏切られた。純粋な愛を持ち続け破局を迎える。
出典　『オンディーヌ』思潮社、一九七二（昭和四十七）年十二月。初出は『現代詩手帖』第八巻第十号、一九六五（昭和四十）年十月。

発車《はっしゃ》

こはれた目覚《めざま》し時計のやうに
もう　ながいこと
わたしのなかで

発車のベルが　なりやまない
柱の傍《かたわ》らに化石して　ボタンを押す
不きげんな車掌は　わたし
うすぐらい座席の隅に目をつぶって待つ
不きげんな乗客も　わたしだ
発《た》たう　青い海辺へ
囚《とら》はれないひとりの空へ
屋根々々の　夕ぐれの
このまとひつく風景を　捨てて
発たう

ただ　あのベルがなりやんだら――

メモ　新たな出発への躊躇を描いた詩。車掌はベルを鳴らすが、発車はさせない。乗客もただ待つばかり。詩人は過去に囚われて行動に移せず、ベルは空しく鳴り響く。
出典　『オンディーヌ』思潮社、一九七二（昭和四十七）年十二月。初出は『同時代』第二十一号、一九六六（昭

和四十二）年十一月。初出総題「夏以後（二）」。

高良留美子《こうらるみこ》

（一九三二―二〇二一）

海鳴《うみな》り

ふたつの乳房《ちぶさ》に
静かに漲《みなぎ》ってくるものがあるとき
わたしは遠くに
かすかな海鳴りの音を聴《き》く。

月の力に引き寄せられて
地球の裏側から満ちてくる海
その繰り返す波に
わたしの砂地は洗われつづける。

そうやって　いつまでも
わたしは待つ

夫《おっと》や子どもたちが駈《か》けてきて
世界の夢の渚《なぎさ》で遊ぶのを。

メモ　女の体を海に喩えた詩。茨木のり子は『詩のこころを読む』で、生理・性交・生殖を高次元で表現したと評価。高良留美子は一九六六年、娘美穂子を産んだ。

出典　『見えない地面の上で』思潮社、一九七〇（昭和四十五）年三月。初出は『読売新聞』一九六七（昭和四十二）年四月十六日朝刊。初出題名「海」。

木《き》

一本の木のなかに
まだない一本の木があって
その梢《こずえ》がいま
風にふるえている。

一枚の青空のなかに
まだない一枚の青空があって
その地平をいま
一羽の鳥が突っ切っていく。

一つの肉体のなかに
まだない一つの肉体があって
その宮がいま
新しい血を溜《た》めている。

一つの街のなかに
まだない一つの街があって
その広場がいま
かれらの行く手で揺れている。

メモ　理想や希望を求める思いを語った詩。洋行経験のあるリベラルな女性詩人は、目前の現実を「一つの」理想の眼鏡を通して見つめる。長女出産が第三連の背景。
出典　『見えない地面の上で』思潮社、一九七〇（昭和四十五）年三月。初出は『現代詩手帖』第十巻第九号、一九六七（昭和四十二）年九月。初出題名「木その他」。

青木《あおき》はるみ　（一九三三―二〇二二）

傷《きず》

悲鳴があがった
魚屋のお姉さんが
右手を激しく振りまわしている
親指に掌より大きな蟹《かに》がぶらさがっているのだ
嚙《か》んだ？　かん高い声で
すばやく妹さんが走り寄った
嚙んだ！
お姉さんの両眼からどっと涙がほうり落ちた
ああ魚たちは頭を揃《そろ》え
いつものようにおとなしく死んでみせているのに
死にきれない大鋸屑《おがくず》の湿っぽい重量をまぶされて　値
を
決められたそのとき
不意の怒りが
蟹の鋏《はさみ》を染めあげたのである
誰か店内にいた人が
水につけて　と咄嗟《とっさ》の知恵をだしたが

水に浸したとたんお姉さんの顔は
かあーっと紅潮した
蟹がなおさら強く締めつけたらしい
妹さんは歯をくいしばって
両手で鋏を押し広げにかかった
腕力の勝負しかないのだ
ついに蟹は鋏を離したけれど
お姉さんの指の両側の柔らかいところにずらり
三つか四つずつの
血のにじんだ小穴があいている
童話風の　あの
蟹の鋏の突起が兇器《きょうき》となって
三ミリくらい　めりこんだのだ
お姉さんの瞼《まぶた》は涙で腫《は》れあがっている
私はおろおろするばかりだ
蟹は正確には
はさんだというべきかもしれないが
嚙んだ　と訊《き》き
嚙んだ　と答えた姉妹の短い表現の美しさに
私はたじろいでいた

ようやく思いついて
薬
というが早いか妹さんは
コップにヨードチンキを一瓶《ひとびん》ぶんドクドクッ……と
　注ぎこんだ
そのなかに　いきなり
穴のあいた親指がジャブンとばかりに突っこまれた
からだと　こころが
じかに嚙みあっているように揺れている液体
すさまじい色彩に
私はたじろいでいた

メモ　痛みの感覚に訴える物語詩。詩特有の飛躍がなく読みやすい。「不意の怒り」は、商品化された蟹の憤怒。自解によれば、実体験に基づきつつ虚構化が施された。

出典　『鯨のアタマが立っていた』思潮社、一九八一（昭和五十六）年十一月。初出は『詩人会議』第十九巻第四号、一九八一年四月。

三《み》木《き》卓《たく》

（一九三五―二〇二三）

スープの煮《に》えるまで

百年を青年で生きよう！
昔　ドリアン・グレイという若者がいて
いま　ぼくというのがいて
いまに　だれかがいて
それぞれ勝手なことを信じながら
こんなことを思うだろう
今年の冬は　あたたかで
肌着だけで考えることができて
ぼくは　火のうえに　にわとりとじゃがいものスー
　プを煮る
スープはこどもたちの好きな　たべもの
かすかに肉がにおう股《もも》の骨をくわえて
街路樹の下の遊び場へ走ってかえっていく
骨が減った鍋には
玉ねぎや人参《にんじん》を大きく切って入れ
にぎやかにすればそれでいい
人参は　ぼくが好きでこどもたちはきらいだ
これは　じゃがいもと一緒《いっしょ》に潰《つぶ》して混ぜるか
みじん切《ぎり》にしてないしょで食べさせる野菜
野菜を作る難しさについては
戦時にすこしだけ体験した
ぼくは人参のたねまきよりも
まくわうりや落花生《らっかせい》にひかれた
あれから　いろいろなことがあって
また　いろいろなことがあって
いま　ぼくはスープを作っているわけだ…

こどものころあった　わからないことは
いまのぼくにもわからない
いろいろな形と色の本も見た
だけど　わかったことは
古代のギリシャ人にもわからなかったことは
現代のギリシャ人にもわかってないということだけで
つまるところ　自分で決定して信じこんでしまえ
現実化するのは自分だけだ！　と

うれしいみたいな辛《つら》い気持になって
スープをかきまわしていると
湯気《ゆげ》が鼻づらをなで上げて　せきをおこす
じゃがいもをかじりながら
大分遅くなった決心をつけてしまえ！　そのために
スープのあじつけをしながら
こどものころを思い出そう
あのころ　どんなことがすばらしくて
どんなことを　おそれ　にくしみをもやしたのだっ
　たか
もっとよく知りたいから
じゃがいものカロリー　人参のビタミン
にわとりの蛋白質《たんぱくしつ》のような力を
ぼくのものにしたいから
たたかいの百年を　青年のこころで生きることは
あんがい楽なことかも知れないのだ…

スープの出来上り
こどもたちを呼びに行こう
厳寒《まろうす》のなかで　おしくらまんじゅうをしている
いろんな味のこどもたちが
一団となって扉を破って侵入し
鍋の中には　人参だけがのこるだろう
人参は　無理にも食べる
そういう義務をあたえよう
さあ出来た
そしてこの詩も出来上ったのだ

メモ　生活から詩が生まれると主張した詩。三木卓は、童心や青年の心を大切にし好奇心旺盛に生きることを願う。マロースは寒波のロシア語。詩人は満洲育ち。
出典　『東京午前三時』思潮社、一九六六（昭和四十一）年十二月。初出は『新日本文学』第十九巻第三号、一九六四（昭和三十九）年三月。再録は『現代詩手帖』第七巻第十三号、一九六四年十二月。再再録は『詩学』第十九巻第十二号、一九六四年十二月。

客《きゃく》人《じん》来《き》たりぬ

今日で世界が亡ぶやも知れぬある日
つまり　ありふれたひるさがり
ぼくの妻の股《また》の間に小さな火柱《ひばしら》がたつと見るや

たちまち彼女は母親になり　その夫《おっと》は父親になった
サイレン鳴らず　一天《いってん》俄《にわ》かにかき曇らず
ただ母親は涕《なみだ》をちょっぴり流して眠り
父親はその脇でちらし寿司の上《じょう》をとってビールを飲
　んだ
とうとうやってきた　やってきた！
アミーバからおさかなやにわとりの時代を通って
こうのとりを何匹も乗り潰《つぶ》すほどの
遠《えん》路《ろ》はるばる　ごくろうさま！
ようこそ！
えりにえって　こんなまずしい夫婦のところへ
ほんとうに有難《ありがと》う…
だが心配性の父親は　どうも心配になり
ひきつづき聞いてみずにはいられない
——あなた…空気はうまく吸いこめますか？
——耳に穴があいているだろうね？
指が六本なら十二進法、四本なら
八進法が得意になってしまう
そそっかしいぼくの妻はきっと
どこかでへまをしでかしているだろう

ああ　だがほんとうだ　人間というものは
読んだ本に書いてある通りに　生まれて育っていく
　のだ
娘も中学生もばばあもおまわりも
かたつむりやかわうそや青大将《あおだいしょう》
うちの裏庭（といっても家主《やぬし》のだが）のにれの木な
　どと変りはない
そうしてぼくも父親になったが
その時現在　世界一新品のおやじは
運びこむべき巨大なミルク缶の重量を想像しながら
実はするどく　耳をおっ立てているのだ
ふいに未来と思っていたようなものは裂け
そのむこうに　現実の街並《まちなみ》がせりだしてくる
かつて　そのなかから
暗い空をよぎってひびいた叫びごえは
これからはぼくの喉《のど》のものになり　生まれたての娘の
　ものになる
それが証拠に　父親になったぼくに
町の連中が投げる親愛のこもった眼差《まなざ》しをみるがいい
それが　かれらの乳香《にゅうこう》と没薬《もつやく》だ　だから

そのこめられた意味を知ることで
いまぼくは〈希望〉を語ることが必要な男になった
のだ

メモ　娘の誕生を語った希望と責任感の詩。ヘッケルの反復説「個体発生は系統発生を繰り返す」が使われている。なお、娘真帆は映画化小説『震える舌』のモデル。
出典　『東京午前三時』思潮社、一九六六（昭和四十一）年十二月。初出は『現代詩手帖』第八巻第四号、一九六五（昭和四十）年四月。再録は『現代詩手帖』第八巻第十二号、一九六五年十二月。

系図《けいず》

ぼくがこの世にやって来た夜
おふくろはめちゃくちゃにうれしがり
おやじはうろたえて　質屋《しちや》へ走り
それから酒屋をたたきおこした
その酒を呑《の》みおわるやいなや
おやじは　いっしょうけんめい
ねじりはちまき
死ぬほどはたらいて　その通りくたばった

くたばってからというもの
こんどは　おふくろが　いっしょうけんめい
後家《ごけ》のはぎしり
がんばって　ぼくを東京の大学に入れて
みんごと　卒業させた
ひのえうまのおふくろは　ことし六〇歳
すごくふとって元気がいいが　じつは
せんだって　ぼくにも娘ができた
女房はめちゃくちゃにうれしがり
ぼくはうろたえて　質屋へ走り
それから酒屋をたたきおこしたのだ

メモ　娘誕生の喜びを語ったユーモア詩。明るい内容とは裏腹に、家庭は危機続きとなる。妻で詩人の福井桂子は行動が独得で、夫婦仲は悪かった。小説『K』参照。
出典　『東京午前三時』思潮社、一九六六（昭和四十一）年十二月。初出未詳。

富岡多恵子《とみおかたえこ》

（一九三五―二〇二三）

身上話《みのうえばなし》

おやじもおふくろも
とりあげばあさんも
予想屋と言う予想屋は
みんな男の子だと賭《か》けたので
どうしても女の子として胞衣《えな》をやぶった

すると
みんなが残念がったので
男の子になってやった
すると
みんながほめてくれたので
女の子になってやった
すると
みんながいじめるので
男の子になってやった

年頃になって
恋人が男の子なので
仕方なく女の子になった
すると
恋人の他のみんなが
女の子になったと言うので
恋人の他のものには
男の子になってやった
恋人にも残念なので
男の子になったら
一緒《いっしょ》に寝ないと言うので
女の子になってやった

そのうちに幾世紀《いくせいき》かが済んでしまった
今度は
貧乏人が血の革命を起して
一片のパンだけで支配されていた
そこで中世の教会になった
愛だ愛だと

古着とおにぎりを横丁にくばって歩いた
そのうちに幾世紀かが済んでしまった
今度は
神の国が来たと
金持と貧乏人が大の仲良しになっていた
そこで
自家用のヘリコプターでアジビラをまいた
そのうちに幾世紀かが済んでしまった
今度は
血の革命家連中が
さびた十字架にひざまずいていた
無秩序の中に秩序の火がみえた
そこで
穴ぐらの飲み屋で
バイロンやミュッセや
ヴィヨンやボードレールや
ヘミングウエイや黒ズボンの少女達と
カルタをしたり飲んだり

東洋の日本と言う国の
かの国独特のリベルタンとかについて
しみじみ議論した
そして
専ら愛の同時性とかについて
茶化し合った

おやじもおふくろも
とりあげばあさんも
みんな神童だと言うので
低能児であった
馬鹿者だと言うので
インテリとなり後の方に住家をつくった
体力をもてあましていた
後の方のインテリと言う
評判が高くなると
前に出て歩き出した
その歩道は
おやじとおふくろの歩道だった
あまのじゃくは当惑した

あまのじゃくの名誉にかけて煩悶した
そこで
立派な女の子になってやった
恋人には男の子になり
文句を言わせなかった

メモ　左派インテリ女性の誕生を語った詩。主人公は周囲の反応に応じて態度を変え、常に有利な位置を取る。反逆的人物だが、結局は両親と同じ安全な歩道にいる。
出典　『返礼』山河書房、一九五七（昭和三十二）年十月。初出未詳。

工藤《くどう》直子《なおこ》　（一九三五―　）

てつがくのライオン

ライオンは「てつがく」が気に入っている。

かたつむりが、ライオンというのは獣《けもの》の王で哲学的な様子をしているものだと教えてくれたからだ。

きょうライオンは「てつがくてき」になろうと思った。哲学というのは坐りかたから工夫した方がよいと思われるので、尾を右にまるめて腹ばいに坐り、前肢《まえあし》を重ねてそろえた。首をのばし、右斜め上をむいた。尾のまるめ工合からして、その方がよい。尾が右で顔が左をむいたら、でれりとしてしまう。

ライオンが顔をむけた先に、草原が続き、木が一本はえていた。ライオンは、その木の梢《こずえ》をみつめた。梢の葉は風に吹かれてゆれた。ライオンのたてがみも、ときどきゆれた。

（だれか来てくれるといいな。「なにしてるの？」と聞いたら「てつがくしてるの」って答えるんだ）

ライオンは、横目で、だれか来るのを見はりながらじっとしていたが誰も来なかった。

日が暮れた。ライオンは肩がこってお腹《なか》がすいた。

（てつがくは肩がこるな。お腹がすくと、てつがくはだめだな）

きょうは「てつがく」はおわりにして、かたつむりのところへ行こうと思った。

「やあ、かたつむり。ぼくはきょう、てつがくだった」

「やあ、ライオン。それはよかった。で、どんなだった？」

「うん、こんなだった」

ライオンは、てつがくをやった時のようすをしてみせた。さっきと同じように首をのばして右斜め上をみると、そこには夕焼けの空があった。

「あゝ、なんていいのだろう。ライオン、あんたの哲学は、とても美しくてとても立派」

「そう？…とても…何だって？もういちど云《い》ってくれない？」

「うん。とても美しくて、とても立派」

「そう。ぼくのてつがくは、とても美しくてとても立派なの？ありがとうかたつむり」

ライオンは肩こりもお腹すきも忘れて、じっとてつがくになっていた。

メモ　児童文学形式の諷刺詩。平仮名「てつがく」には、スノビズムへの皮肉がある。着実に歩むカタツムリに対し、ライオンは他者評価に囚われ、痩せ我慢を続ける。
出典　『蕪・象・船長・猫…たち』自家版、一九六九（昭和四十四）年六月。初出未詳。再録は『てつがくのライオン』理論社、一九八二（昭和五十七）年一月。

あいたくて

だれかに　あいたくて
なにかに　あいたくて
生まれてきた——
そんな気がするのだけれど

それが　だれなのか　なになのか
あえるのは　いつなのか——
おつかいの　とちゅうで
迷ってしまった子どもみたい
とほうに　くれている

それでも　手のなかに

みえないことづけを
にぎりしめているような気がするから
それを手わたさなくちゃ
だから

あいたくて

メモ　童話作家工藤直子が、大切な思いを誰かと深く共有したいという願いを語った詩。恋愛詩とも解釈可能。平成以降の歌謡曲の歌詞には「会いたい」が著しく多い。
出典　『あいたくて』大日本図書、一九九一（平成三）年九月。初出同上。

寺《てら》山《やま》修《しゅう》司《じ》（一九三五—一九八三）

幸《こう》福《ふく》が遠《とお》すぎたら

偶然のない人生もある…とドストエフスキー
は言ったそうです。
でも、それは人生にこだわりすぎるからじゃ
ありませんか？

さよならだけが
人生ならば
また来る春は何だろう
はるかなはるかな地の果てに
咲いてる野の百合《ゆり》何だろう

さよならだけが
人生ならば
めぐりあう日は何だろう
やさしいやさしい夕焼と
ふたりの愛は何だろう

さよならだけが
人生ならば
建てたわが家は何だろう
さみしいさみしい平原に
ともす灯《あか》りは何だろう

さよならだけが
人生ならば
人生なんか　いりません

メモ　井伏鱒二の漢詩翻訳「勧酒」の一節、「「サヨナラ」ダケガ人生ダ」を踏まえた詩。寺山修司は希望や偶然の出会いを信じ、不幸の中でも人生を前向きにとらえる。
出典『さよならの城』新書館、一九六六（昭和四十一）年十月。初出未詳。

吉増《よします》剛造《ごうぞう》

（一九三九―　）

朝狂《あさくる》って

ぼくは詩を書く
第一行目を書く
彫刻刀が、朝狂って、立ちあがる
それがぼくの正義だ！

朝焼けや乳房《ちぶさ》が美しいとはかぎらない

美が第一とはかぎらない
全音楽はウソッぱちだ！
ああ　なによりも、花という、花を閉鎖して、転落
　　することだ！

一九六六年九月二十四日朝
ぼくは親しい友人に手紙を書いた
原罪について
完全犯罪と知識の絶滅法について

アア　コレワ
なんという、薄紅色の掌にころがる水滴
珈琲皿に映ル乳房ヨ！
転落デキナイヨー！
剣の上をツッと走ったが、消えないぞ世界

メモ　述志の詩。陳腐な美意識を否定し、常軌を逸した攻撃的姿勢で詩を書きたいと言う。学生運動時代の精神である。最終連では常識打破の困難さを述べる。
出典『黄金詩篇』思潮社、一九七〇（昭和四十五）年三月。初出は『中央大学新聞』第七六〇号、一九六六（昭

和四十二）年九月二十七日。

燃《も》える

黄金《おうごん》の太刀《たち》が太陽を直視する
ああ
恒星面を通過する梨の花！

風吹く
アジアの一地帯
魂は車輪となって、雲の上を走っている

ぼくの意志
それは盲《めしい》ることだ
太陽とリンゴになることだ
似ることじゃない
乳房《ちぶさ》に、太陽に、リンゴに、紙に、ペンに、インク
　に、夢に！　なることだ
凄《すご》い韻律になればいいのさ

今夜、きみ
スポーツ・カーに乗って
流星を正面から
顔に刺青《いれずみ》できるか、きみは！

メモ　盲目的原初的な疾走感覚を表現した詩。学生運動時代の青春賛美の産物。韻律やペンに言及した、詩作についての詩でもある。初出には宇宙の写真が添えてある。
出典　『黄金詩篇』思潮社、一九七〇（昭和四十五）年三月。初出は『中央大学新聞』第七六四号、一九六六（昭和四十二）年十月二十五日。

藤《ふじ》井《い》貞《さだ》和《かず》

（一九四二―　）

あけがたには

夜汽車のなかを風が吹いていました
ふしぎな車内放送が風をつたって聞こえます
……よこはまには、二十三時五十三分
とつかが、零時《れいじ》五分

おおふな、零時十二分
ふじさわは、零時十七分
つじどうに、零時二十一分
ちがさきへ、零時二十五分
ひらつかで、零時三十一分
おおいそを、零時三十五分
にのみやでは、零時四十一分
こうずちゃく、零時四十五分
かものみやが、零時四十九分
おだわらを、零時五十三分
…………
ああ、この乗務車掌さんはわたしだ、日本語を
苦しんでいる、いや、日本語で苦しんでいる
日本語が、苦しんでいる
わたくしは眼を抑えてちいさくなっていました
あけがたには、なごやにつきます

メモ　助詞表現の多様性を利用した機知の詩。何が正しい日本語なのか、議論は尽きない。東京学芸大学助教授の詩人が帰宅時に乗車した、大垣行普通夜行列車が舞台。
出典　『ピューリファイ！』書肆山田、一九八四（昭和五十九）年八月。初出は『朝日新聞』一九八二（昭和五十七）年二月一日夕刊。

荒《あら》川《かわ》洋《よう》治《じ》　（一九四九―　）

見附《みつけ》のみどりに

まなざし青くひくく
江戸は改代町《かいたいちょう》への
みどりをすぎる

はるの見附《みつけ》
個々のみどりよ
朝だから
深くは追わぬ
ただ
草は高くでゆれている

妹は
濠《ほり》ばたの
きよらなしげみにはしりこみ
白いうちももをかくす
葉さきのかぜのひとゆれがすむと
こらえていたちいさなしぶきの
すっかりかわいさのました音が
さわぐ葉陰《はかげ》をしばし
打つ

かけもどってくると
わたしのすがたがみえないのだ
なぜかもう
暗くなって
濠の波よせもきえ
女に向《むか》う肌の押しが
さやかに効《き》いた草のみちだけは
うすくついている
夢をみればまた隠れあうこともできるが妹よ

江戸はさきごろおわったのだ
あれからのわたしは
遠く
ずいぶんと来た

いまわたしは、埼玉銀行新宿支店の白金《はっきん》のひかりを
ついてあるいている。ビルの破音《はおん》。消えやすいその
飛沫。口語の時代はさむい。葉陰のあのぬくもりを
尾《つ》けてひとたび、打ちいでてみようか見附に。

メモ　無機質な東京と対比しつつ、江戸を懐古した作品。「口語の時代はさむい」が評判になった。改代町には印刷製本会社が多い。言葉についての詩でもある。

出典　『水駅（すいえき）』書紀書林、一九七五（昭和五十）年九月。初出は『書紀』第一巻第二号、一九七五年六月。

美代子《みよこ》、石《いし》を投《な》げなさい

宮沢賢治論が
ばかに多い　腐るほど多い

研究には都合がいい　それだけのことだ
その研究も
子供と母親をあつめる学会も　名前にもたれ
完結した　人の威をもって
自分を誇り　固めることの習性は
日本各地で
傷と痛みのない美学をうんでいる
詩人とは
現実であり美学ではない
宮沢賢治は世界を作り世間を作れなかった
いまとは反対の人である
このいまの目に詩人が見えるはずがない
岩手をあきらめ
東京の杉並あたりに出ていたら
街をあるけば
へんなおじさんとして石の一つも投げられたであろ
　うことが
近くの石　これが
今日の自然だ
「美代子、石を投げなさい」母。

ぼくなら投げるな　ぼくは俗のかたまりだからな
だが人々は石を投げつけることをしない
ぼくなら投げる　そこらあたりをカムパネルラかな
　にか知らないが
へんなことをいってうろついていたら
世田谷は投げるな　墨田区立花《たちばな》でも投げるな
所沢なら農民は多いが
石も多いから投げるだろうな
ああ石がすべてだ
時代なら宮沢賢治に石を投げるそれが正しい批評　ま
　っすぐな批評だ
それしかない
彼の矩墨《くぼく》を光らすには
ところがちがう　ネクタイかけのそばの大学教師が
位牌《いはい》のようににぎりしめて
その名前のつく本をくりくりとまとめ
湯島あたりで編集者に宮沢賢治論を渡している　そ
　の愛重《あいちょう》の批評を
ははは　と

深刻でもない微笑をそばづゆのようにたらして
宮沢賢治よ
知っているか
石ひとつ投げられない
偽善の牙《きば》の人々が
きみのことを
書いている
読んでいる
窓の光を締めだし　相談さえしている
きみに石ひとつ投げられない人々が
きれいな顔をして　きみを語るのだ
詩人よ、
きみの没後はたしかか
横浜は寿町《ことぶきちょう》の焚火《たきび》に　いまなら濡れているきみが
いま世田谷の住宅街のすべりようもないソファーで
何も知らない母と子の眉《まゆ》のあいだで
いちょうのようにひらひらと軽い夢文字の涙で読まれているのを
完全な読者の豪気《ごうき》よ

石を投げられない人の石の星座よ
詩人を語るならネクタイをはずせ　美学をはずせ　椅子から落ちよ
燃えるペチカと曲がるペットをはらえ
詩を語るには詩を現実の自分の手で　示すしかない
そのてきびしい照合にしか詩の鬼面《きめん》は現われないのだ
かの詩人には
この世の夜空はるかに遠く
満天の星がかがやく水薬のように美しく
だがそこにいま
あるはずの
石がない
「美代子、あれは詩人だ。
石を投げなさい。」

メモ　宮沢賢治を神格化し利益をはかる人々を諷刺した作品。彼らは詩人を聖人視し、勝手な理想像を投影する。学者にとっても、賢治は業績稼ぎ論文を書きやすい。
出典　『坑夫トッチルは電気をつけた』彼方社、一九九四（平成六）年十月。初出は『新潮』第八十九巻第六号、

一九九二（平成四）年六月。初出総題「詩の現在6」。

井《い》坂《さか》洋《よう》子《こ》

（一九四九—　）

朝礼《ちょうれい》

雨に濡れると
アイロンの匂いがして
湯気《ゆげ》のこもるジャンパースカートの
箱襞《はこひだ》に捩《ねじ》れた
糸くずも生真面目《きまじめ》に整列する

朝の校庭に
幾筋か
濃紺《のうこん》の川を流す要領で
生白い手足は引き
貧血の唇《くちびる》を閉じたまま

安田さん　まだきてない
中橋さんも

体操が始まって
委員の号令に合わせ
生殖器をつぼめて爪先立《つまさきだ》つたび
くるぶしにソックスが皺《しわ》寄ってくる
日番が日誌をかかえこむ胸のあたりから
曇天《どんてん》の日射《ひざ》しに
ゆっくり坂をあがってくる
あの人たち

川が乱れ
わずかに上気《じょうき》した皮膚を
濃紺に鎮《しず》めて
暗い廊下を歩いていく
と窓際で迎える柔らかなもの
頬《ほお》が今もざわめいて
感情がささ波立っている
訳《わけ》は聞かない

遠くからやってきたのだ

メモ　性の目覚めと抑制を描いた詩。朝礼・体操・号令が学校の規律を示す一方、生身の女の体は性的発育を抑えきれない。生理を含む性的含意の言葉が多く見られる。
出典　『朝礼』紫陽社、一九七九（昭和五十四）年七月。
初出は『Who's』第二十三号、一九七九年三月。

制服《せいふく》

ゆっくり坂をあがる
車体に反射する光をふりきって
車が傍《かたわ》らを過ぎ
スカートの裾《すそ》が乱される
みしらぬ人と
偶然手が触れあってしまう事故など
しょっ中《ちゅう》だから
はじらいにも用心深くなる
制服は皮膚の色を変えることを禁じ
それでどんな少女も
幽霊のように美しい
からだがほぐれていくのをきつく
眼尻《めじり》でこらえながら登校する
休み時間
級友に指摘されるまで
スカートの箱襞《はこひだ》の裏に
一筋こびりついた精液も
知覚できない

メモ　女子生徒を性的関心と結びつけた詩。女子進学校桜蔭がモデル。水道橋駅から忠弥坂をのぼる。禁欲的規律と性の目覚めの相克。制服は抑制と欲望の象徴である。
出典　『朝礼』紫陽社、一九七九（昭和五十四）年七月。
初出は『抒情文芸』第十号、一九七九年五月。

伊《い》藤《とう》比《ひ》呂《ろ》美《み》　（一九五五— ）

歪《ゆが》ませないように

白玉《しらたま》をつくってわたしの男に
持っていく

砂糖を煮て蜜をつくり
茹《ゆ》でた白玉を漬けて
ひやす
密閉して
持っていく
白玉はいれものの底にぺっとりと付着する
白玉のへりが剝《は》がれて
まるい
かたちが歪む
さじですくう
ア
ホラ
歪ませないように
すくってよ、
しらたまがいちばんすき
とわたしの男は白玉をくちにはこぶ
（オイシイ）と目をつぶってみせてくれる
おまえよりもすき、と
わたしは男の
白玉をのみくだすのを見ている

男はゆるくなった蜜まで啜《すす》りこんでしまう
密閉の容器を宙に振って布巾《ふきん》につつみ
これからわたしたち
おつゆいっぱいにくちをあわせ
てのひらをすべらせて
いとおしさをかたちにうごくのである
けれども
ねえ、
歪みたくない
歪んでいるままにいたくない
あたしはそうおもうのおとこよわたしの男よ
わたしはまるめて
白玉を茹でる蜜を煮つめるそしてひやす
とてもせつない
のぞみふくませて
とろとろの蜜
つるつるの白玉
わたしの男がそれをのみこむ

唾《つば》のようなとろとろ
尻のようなつるつる
そのあじわいはどうか？

歪ませたくないと
せつなく男もおもったのである
およんだな
わたしの分泌《ぶんぴつ》するわたしの食物
いとしい男に
ふかくふかく

メモ　食欲と結びつけて性交を語った詩。白玉は、女が男に与えた性的快楽の比喩。「歪ませない」は、相思相愛の状態を保つという意味か。その手段が白玉である。
出典　『姫』紫陽社、一九七九（昭和五十四）年八月。初出は『現代詩手帖』第二十一巻第十号、一九七八（昭和五十三）年十月。

きっと便器《べんき》なんだろう

ひさしぶりにひっつかまえた

じっとしていよ
じいっと
あたしせいいっぱいのちからこめて
しめつけててやる

抱きしめているとしめ返してきた
節《ふし》のある
おとこのゆびでちぶさを摑《つか》まれると
きもちが滲《にじ》んで
くびを緊《し》めてやりたくなる
あたしのやわらかなきんにくだ
やわらかなちからの籠《こ》め方だ
男の股《また》に股が
あたる
固さに触れた
温度をもつぐりぐりを故意に
擦りつけてきた
その意志に気づく
わたしの股をぐりぐりに擦りつける
したに触れてくびすじを湿らせてやるとしたは

わたしのみみの中を舐《な》めるのだ
あ声が洩《も》れてしまう
髪の毛の中にゆびを差し入れけのふさを引く
あ声が洩れる
ぐりぐりの男は
ちぶさを握りつぶして芯《しん》を確かめている
い、
と出た声が
いたいともきこえ
いいともきこえる
わたしはいつもいたい、なのだ
あなたはいつもいたくする

さっきはなんといった
あいしてなくたってできる、といったよね
このじょうのふかいこういを
できる、ってあなたは
何年も前に、Ｉという男と
やったことがある

今、体重と体温がわたしのしりを動き
畳の跡をむねに
きざみながらわたしはずっとＩを
わすれていたＩを忽然《こつぜん》とＩを

Ｉの部屋Ｉによって
手早く蒲団が敷かれたこと
とうめいな
ふくろ、とか
こんなことやってきもちよくなるのかあたしはちっ
　ともよくならない
と言ったらＩが
抜いてしまったこと
きもちよくならなくても暖かく
あてはまっていたのに
駅まで抱きあって歩いた風が強く
とても寒く
かぜがつよくとてもさむく
とてもさむく
そのあといちど会った腕に

触わらせてもらって歩いた
性交しないで別れた
それから
会うたびに泣いた、あこれはあなたに対するときだ
わたしをいんきだと言ったＩの
目つきが残るそのＩのことをずっと

あたしは便器か
いつから
知りたくは、なかったんだが
疑ってしまった口に出して
聞いてしまったあきらかにして
しまわなければならなくなった

メモ　女の視点でセックスを主題にした詩。性的表現の禁忌に挑む近代文学の系譜に連なる。露骨な表現は、現代女性の異議申し立て「便器か」に裏打ちされている。
出典　『伊藤比呂美詩集』思潮社、一九八〇（昭和五十五）年九月。総題「未刊詩篇」。初出は『現代詩手帖』第二十三巻第二号、一九八〇年二月。

悪《わる》いおっぱい

熱風が吹いた
植物が繁茂《はんも》する
昆虫が繁殖する
高温と多湿
植物が繁茂する
昆虫が繁殖する
熱帯性低気圧に
雨が白い渦をまく
植物が繁殖する
引越のために縛《しば》りあげる
縛りあげたままのわたし
縛られたわたしのあらゆる部分
乳房《ちぶさ》に
変化する
昆虫が繁茂する
朝は張って飲みきれない乳房が
ひっきりなしに吸うから
夜になるとしなびてしまって何も出ない

不信を
わたしを
ひっきりなしに吸うから
しなびてしまって何も出ないわたしを
不信を
わたしのおびただしい乳房を

よいおっぱいから
悪いおっぱいへ
悪いおっぱいに
赤ん坊たちは復讐を企てている

雨が降るので乳房を食いたい
雲が走るので乳房を食いたい
風が荒れくるうので乳房を食いたい
雨が渦をまくので乳房を食いたい
雨がやんだら

おいしいやむいもが拾《ひろ》える
おいしいたろいもが拾える
おいしいむかごが拾える
おいしいあんこが
おいしいみのむしが
おいしいしいのみが
おいしい澱粉質《でんぷんしつ》が
両手に余るほど拾える

雨がやんだらおいしいたろいもが
両手に余るほど拾える

中尾佐助『農耕植物と栽培の起源』、メラニー・クライン『羨望と感謝』から引用・参照箇所あり

メモ　熱帯風の動植物繁殖イメージを、授乳の豊饒さと重ねた詩。実体験に基づき、巫女的動物的生命力を持つ母子を描く。荒木経惟（のぶよし）の写真との共同制作。
出典　『テリトリー論1』思潮社、一九八七（昭和六十二）年三月。初出は『現代詩手帖』第二十七巻第十一号、一九八四（昭和五十九）年十月。初出総題「テリトリー論」。

あとがき

今日、現代詩アンソロジーの出版は、ますます困難になっています。このような状況のなかで、本書を世に送り出すことができ、編著者として心から嬉しく思います。

多くの読者の皆様は、詞華集刊行がなぜそんなに難しいのか、全く腑に落ちないことでしょう。すでに発表された作品を選んで、並べるだけではないか。そう考えるのも無理はありません。問題は、詩の著作権にあります。

最大の障壁は、作品の数です。アンソロジーには、非常に多くの詩人や詩篇を掲載します。著作権使用料は一篇ごとの計算であり、小説や随筆を掲載する場合と比べ、はるかに高額になってしまうのです。『歳時記』も事情は似ていますが、俳句の場合は、お金を支払わないのが慣例だと聞いています。

また、著作権使用料には最低額が設定されています。事務経費を確保するためか、日本文藝家協会などの著作権管理団体は、一件あたりの最少額を決めています。詩は作品が短いため、出版社が支払う費用は本来の基準よりもさらに割高になります。結果として、現代詩のアンソロジーは、確実に負の経済効果をもたらします。大書店の詩のコーナーに足を運んでも、本書のような書籍があまり見あたらないのは、当然の帰結でしょう。

第二の障害は、一部の著作権継承者の協力が得られない場合があることです。大多数の権利者の方は、父母・祖父母にあたる詩人の作品が掲載されることを、率直に喜んで下さいます。しかしまれに、著作権の使用を断られることがあります。

文学者や作品の評価・解釈に際しては、言論の自由の精神に基づき、闊達な議論が必要です。しかし、一部の子孫の方は、身内が良いイメージだけで語られることを強く望んでおられます。そのため、少しでも否定的な解説があると、著作権の使用を認めてもらえない事態が生じます。このような時ほど、寛容の徳の大切さを思わずにはいられません。

以上のような困難をくぐり抜け、『一冊で読む日本の現代詩200』を皆様のお手元に届けられたことに、私は深い喜びを感じています。姉妹編の『一冊で読む日本の近代詩500』とともに、日本近現代詩の標準的なアンソロジーとして、末永く親しまれることを、心より願ってやみません。

令和六年七月二十日

吉祥寺の寓居にて　　西原大輔

F13　言葉についての詩（言葉一般）
だまして下さい言葉やさしく（永瀬清子）…18
念ずれば花ひらく（坂村真民）…22
マクシム（菅原克己）…31
前へ（大木実）…36
花の店（安西均）…60
帰途（田村隆一）…108
君はかわいいと（安水稔和）…163
F14　詩作についての詩
二度とない人生だから（坂村真民）…23
洛東江（崔華國）…48
作品考（崔華國）…49
新古今集断想（安西均）…60
四千の日と夜（田村隆一）…107
水（新川和江）…155
わが母音（飯島耕一）…159
母国語（飯島耕一）…160
朝狂って（吉増剛造）…195
美代子、石を投げなさい（荒川洋治）…198
F15　文学にかかわる詩（日本文学）
藤の花［古歌］（高田敏子）…43
もう一つの故郷［小泉八雲］（崔華國）…49
新古今集断想［藤原定家］（安西均）…60
見えない季節［藤原定家］（牟礼慶子）…150
幸福が遠すぎたら［井伏鱒二］（寺山修司）…194
美代子、石を投げなさい［宮沢賢治］（荒川洋治）…198
F16　文学にかかわる詩（西洋文学）
前へ［家なき子］（大木実）…36
賭け［ヤコブセン］（黒田三郎）…64
花の名［チェーホフ］（茨木のり子）…135
母国語［ツェラン］（飯島耕一）…160
ネロ［チボー家の人々・カミュ］（谷川俊太郎）…167
オンディーヌⅠ［ジロドゥ］（吉原幸子）…181
スープの煮えるまで［ワイルド］（三木卓）…186
身上話［バイロン・ミュッセ・ヴィヨン・ボードレール・ヘミングウェイ］（富岡多惠子）…190
幸福が遠すぎたら［ドストエフスキー］（寺山修司）…194
F17　読書の詩
前へ（大木実）…36
日課（中桐雅夫）…76
女の自尊心にこうして勝つ（関根弘）…78
美代子、石を投げなさい（荒川洋治）…198
F18　美術・映画にかかわる詩
マクシム［映画・マクシムの青春］（菅原克己）…31
もう一つの故郷［水墨画］（崔華國）…49
レインコートを失くす［フィルム・役者］（関根弘）…79
わたしが一番きれいだったとき［ルオー］（茨木のり子）…133
ネロ［映画・裸の町］（谷川俊太郎）…167
愛［クレー］（谷川俊太郎）…170
生きる［ピカソ］（谷川俊太郎）…172
F19　色彩の詩
むらさきの花（高田敏子）…44
毒虫飼育（黒田喜夫）…128
根府川の海（茨木のり子）…130
はくちょう（川崎洋）…156
傷（青木はるみ）…184
F20　音楽・楽器にかかわる詩
踊りの輪［盆踊り］（永瀬清子）…19
しずかな夫婦［祇園囃子］（天野忠）…26
むらさきの花［数え唄］（高田敏子）…44
賭け［ピアノ］（黒田三郎）…64
静物（吉岡実）…72
東京へゆくな［ピアノ］（谷川雁）…111
わたしが一番きれいだったとき［ジャズ］（茨木のり子）…133
花の名［ラバウル小唄］（茨木のり子）…135
生きる［ヨハン・シュトラウス］（谷川俊太郎）…172
初恋［チンドン屋］（吉原幸子）…178
F21　音の詩
ブラザー軒（菅原克己）…30
忘れもの（高田敏子）…41
夜学生（木下夕爾）…47
秋の日の午後三時（黒田三郎）…68
毒虫飼育（黒田喜夫）…128
うたのように3（大岡信）…161
かなしみ（谷川俊太郎）…165
無題（吉原幸子）…176
海鳴り（高良留美子）…183
見附のみどりに（荒川洋治）…197
F22　芸術至上主義の詩
新古今集断想（安西均）…60
四千の日と夜（田村隆一）…107
パンの話（吉原幸子）…180

神の兵士（鮎川信夫）……99
鎮魂歌（木原孝一）……101
クレバスに消えた女性隊員（秋谷豊）……105
花の名（茨木のり子）……135
ネロ（谷川俊太郎）……167

F　文芸

F1　人生訓の詩（努力と誠実）

念ずれば花ひらく（坂村真民）……22
二度とない人生だから（坂村真民）……23
前へ（大木実）……36
汲む（茨木のり子）……138
名づけられた葉（新川和江）……153

F2　人生訓の詩（独立自尊ほか）

ぼくが　ここに（まど・みちお）……29
表札（石垣りん）……85
奈々子に（吉野弘）……117
虹の足（吉野弘）……123
生命は（吉野弘）……124
祝婚歌（吉野弘）……125
自分の感受性くらい（茨木のり子）……140
倚りかからず（茨木のり子）……144

F3　児童向きの詩（谷川俊太郎）

ののはな（谷川俊太郎）……173
かっぱ（谷川俊太郎）……173
いるか（谷川俊太郎）……174
おならうた（谷川俊太郎）……175
さようなら（谷川俊太郎）……175

F4　児童向きの詩（谷川俊太郎以外）

ぼくが　ここに（まど・みちお）……29
海（高田敏子）……40
忘れもの（高田敏子）……41
ひばりのす（木下夕爾）……47
紙風船（黒田三郎）……69
海（黒田三郎）……69
練習問題（阪田寛夫）……115
てつがくのライオン（工藤直子）……192
あいたくて（工藤直子）……193

F5　平仮名の詩

ぼくが　ここに（まど・みちお）……29
序（峠三吉）……58
ふゆのさくら（新川和江）……152
はくちょう（川崎洋）……156
はる（谷川俊太郎）……166
ののはな（谷川俊太郎）……173
かっぱ（谷川俊太郎）……173
いるか（谷川俊太郎）……174
おならうた（谷川俊太郎）……175
さようなら（谷川俊太郎）……175

F6　片仮名の詩

コレガ人間ナノデス（原民喜）……14
ギラギラノ破片ヤ（原民喜）……14
水ヲ下サイ（原民喜）……15

F7　ソネット風14行詩

日課（中桐雅夫）……76
会社の人事（中桐雅夫）……76
凧（中村稔）……146
41（谷川俊太郎）……169
62（谷川俊太郎）……169

F8　散文詩

クレバスに消えた女性隊員（秋谷豊）……105
I was born（吉野弘）……120
うたのように3（大岡信）……161
てつがくのライオン（工藤直子）……192

F9　長詩（70行以上）

死のなかに（黒田三郎）……70
炎える母（宗左近）……73
橋上の人（鮎川信夫）……95
小さいマリの歌（鮎川信夫）……97
花の名（茨木のり子）……135
身上話（富岡多恵子）……190

F10　短詩（8行以下）

永遠のみどり（原民喜）……16
碑銘（原民喜）……16
夜学生（木下夕爾）……47
序（峠三吉）……58
紙風船（黒田三郎）……69
かなしみ（谷川俊太郎）……165
ののはな（谷川俊太郎）……173
かっぱ（谷川俊太郎）……173
芝生（谷川俊太郎）……174
おならうた（谷川俊太郎）……175

F11　対話形式の詩

夕方の三十分（黒田三郎）……67
会社の人事（中桐雅夫）……76
定年（石垣りん）……90
佃渡しで（吉本隆明）……114
花の名（茨木のり子）……135
土へのオード1（新川和江）……154
てつがくのライオン（工藤直子）……192

F12　言葉についての詩（文法など）

練習問題（阪田寛夫）……115
I was born（吉野弘）……120
わが母音（飯島耕一）……159
母国語（飯島耕一）……160
あけがたには（藤井貞和）……196
見附のみどりに（荒川洋治）……197

E10　夫婦の詩
だまして下さい言葉やさしく（永瀬清子）…18
動物園の珍しい動物（天野忠）……………26
しずかな夫婦（天野忠）……………26
おさなご（大木実）……………35
月夜（大木実）……………35
妻（大木実）……………37
伝説（会田綱雄）……………37
もう一つの故郷（崔華國）……………49
祝婚歌（吉野弘）……………125
E11　屋根の詩
屋根（大木実）……………33
ひばりのす（木下夕爾）……………47
屋根（石垣りん）……………82
空想のゲリラ（黒田喜夫）……………126
ふゆのさくら（新川和江）……………152
他人の空（飯島耕一）……………158
発車（吉原幸子）……………182
E12　台所の詩
妻（大木実）……………37
主婦の手（高田敏子）……………42
夕方の三十分（黒田三郎）……………67
私の前にある鍋とお釜と燃える火と
（石垣りん）……………81
シジミ（石垣りん）……………84
くらし（石垣りん）……………86
儀式（石垣りん）……………89
洗剤のある風景（石垣りん）……………91
水（新川和江）……………155
スープの煮えるまで（三木卓）……………186
E13　旅と道の詩
峠（真壁仁）……………21
洗剤のある風景（石垣りん）……………91
虹の足（吉野弘）……………123
空想のゲリラ（黒田喜夫）……………126
花の名（茨木のり子）……………135
青梅街道（茨木のり子）……………140
うたのように3（大岡信）……………161
E14　貧しさの詩
米（天野忠）……………25
しずかな夫婦（天野忠）……………26
マクシム（菅原克己）……………31
屋根（大木実）……………33
僕はまるでちがつて（黒田三郎）……………64
賭け（黒田三郎）……………64
屋根（石垣りん）……………82
貧しい町（石垣りん）……………88
E15　病気の詩
しずかな夫婦（天野忠）……………26
表札（石垣りん）……………85
神の兵士（鮎川信夫）……………99
毒虫飼育（黒田喜夫）……………128
花の名（茨木のり子）……………135
オンディーヌ I（吉原幸子）……………181
E16　人生回顧の詩
あけがたにくる人よ（永瀬清子）……………20
マクシム（菅原克己）……………31
屋根（大木実）……………33
妻（大木実）……………37
洛東江（崔華國）……………48
くらし（石垣りん）……………86
空をかついで（石垣りん）……………91
佃渡しで（吉本隆明）……………114
根府川の海（茨木のり子）……………130
答（茨木のり子）……………143
E17　老いと老人の詩
諸国の天女（永瀬清子）……………17
あけがたにくる人よ（永瀬清子）……………20
極楽（天野忠）……………28
妻（大木実）……………37
序（峠三吉）……………58
夕焼け（吉野弘）……………121
答（茨木のり子）……………143
倚りかからず（茨木のり子）……………144
E18　死にかかわる詩
生ましめん哉（栗原貞子）……………32
葬式列車（石原吉郎）……………52
脱走（石原吉郎）……………53
もはやそれ以上（黒田三郎）……………63
死のなかに（黒田三郎）……………70
静物（吉岡実）……………72
四千の日と夜（田村隆一）……………107
初めての児に（吉野弘）……………119
木の実（茨木のり子）……………142
土へのオード1（新川和江）……………154
E19　死ぬ時を思う詩
二度とない人生だから（坂村真民）……………23
あーあ（天野忠）……………25
極楽（天野忠）……………28
ちいさな遺書（中桐雅夫）……………75
日課（中桐雅夫）……………76
表札（石垣りん）……………85
E20　死者を悼む詩
碑銘（原民喜）……………16
極楽（天野忠）……………28
ブラザー軒（菅原克己）……………30
炎える母（宗左近）……………73
死んだ男（鮎川信夫）……………92

あたらしいいのちに（吉原幸子）………… 179
木（高良留美子）………………………… 183
客人来たりぬ（三木卓）………………… 187
系図（三木卓）…………………………… 189
身上話（富岡多恵子）…………………… 190
E2　子供を描いた詩
おさなご（大木実）…………………………35
海（高田敏子）………………………………40
小さな靴（高田敏子）………………………45
夕方の三十分（黒田三郎）…………………67
秋の日の午後三時（黒田三郎）……………68
小さいマリの歌（鮎川信夫）………………97
どうかして（川崎洋）…………………… 157
さようなら（谷川俊太郎）……………… 175
喪失ではなく（吉原幸子）……………… 177
Ｊに（吉原幸子）………………………… 180
悪いおっぱい（伊藤比呂美）…………… 206
E3　子供に言及した詩
諸国の天女（永瀬清子）……………………17
米（天野忠）…………………………………25
しずかな夫婦（天野忠）……………………26
月夜（大木実）………………………………35
伝説（会田綱雄）……………………………37
むらさきの花（高田敏子）…………………44
序（峠三吉）…………………………………58
空をかついで（石垣りん）…………………91
四千の日と夜（田村隆一）……………… 107
汲む（茨木のり子）……………………… 138
答（茨木のり子）………………………… 143
海鳴り（高良留美子）…………………… 183
スープの煮えるまで（三木卓）………… 186
E4　子に語りかける詩
橋（高田敏子）………………………………40
主婦の手（高田敏子）………………………42
ちいさな遺書（中桐雅夫）…………………75
佃渡しで（吉本隆明）…………………… 114
生れた子に（山本太郎）………………… 116
散歩の唄（山本太郎）…………………… 116
奈々子に（吉野弘）……………………… 117
I was born（吉野弘）…………………… 120
あたらしいいのちに（吉原幸子）………… 179
E5　少年の詩
前へ（大木実）………………………………36
海（高田敏子）………………………………40
忘れもの（高田敏子）………………………41
別の名（高田敏子）…………………………43
I was born（吉野弘）…………………… 120
うたのように3（大岡信）……………… 161
朝のリレー（谷川俊太郎）……………… 171
E6　少女の詩
踊りの輪（永瀬清子）………………………19
橋（高田敏子）………………………………40
仮繃帯所にて（峠三吉）……………………58
もはやそれ以上（黒田三郎）………………63
賭け（黒田三郎）……………………………64
夕焼け（吉野弘）………………………… 121
小さな娘が思ったこと（茨木のり子）…… 134
愛（谷川俊太郎）………………………… 170
朝のリレー（谷川俊太郎）……………… 171
初恋（吉原幸子）………………………… 178
朝礼（井坂洋子）………………………… 201
制服（井坂洋子）………………………… 202
E7　志を述べる詩
美しい国（永瀬清子）………………………18
二度とない人生だから（坂村真民）………23
生ましめん哉（栗原貞子）…………………32
前へ（大木実）………………………………36
紙風船（黒田三郎）…………………………69
私の前にある鍋とお釜と燃える火と
（石垣りん）…………………………………81
表札（石垣りん）……………………………85
自分の感受性くらい（茨木のり子）……… 140
倚りかからず（茨木のり子）…………… 144
名づけられた葉（新川和江）…………… 153
E8　希望の詩
永遠のみどり（原民喜）……………………16
マクシム（菅原克己）………………………31
小さな靴（高田敏子）………………………45
それは（黒田三郎）…………………………62
もはやそれ以上（黒田三郎）………………63
僕はまるでちがつて（黒田三郎）…………64
紙風船（黒田三郎）…………………………69
小さいマリの歌（鮎川信夫）………………97
見えない季節（牟礼慶子）……………… 150
わが母音（飯島耕一）…………………… 159
木（高良留美子）………………………… 183
客人来たりぬ（三木卓）………………… 187
E9　女の生き方の詩
諸国の天女（永瀬清子）……………………17
あけがたにくる人よ（永瀬清子）…………20
私の前にある鍋とお釜と燃える火と
（石垣りん）…………………………………81
屋根（石垣りん）……………………………82
崖（石垣りん）………………………………87
小さな娘が思ったこと（茨木のり子）…… 134
わたしを束ねないで（新川和江）……… 151
身上話（富岡多恵子）…………………… 190

花の店［花屋］（安西均）……60
貧しい町［惣菜屋］（石垣りん）……88
もつと強く［時計屋・釣道具屋］（茨木のり子）……131
理髪店にて［床屋］（長谷川龍生）……149
傷［魚屋］（青木はるみ）……184
系図［質屋・酒屋］（三木卓）……189

D12 お金の詩

賭け［持参金］（黒田三郎）……64
死のなかに［安月給］（黒田三郎）……70
くらし（石垣りん）……86
初めての児に［生命保険］（吉野弘）……119
理髪店にて（長谷川龍生）……149
パンの話（吉原幸子）……180
系図［質屋］（三木卓）……189

D13 食べ物の詩

米（天野忠）……25
動物園の珍しい動物［パン］（天野忠）……26
しずかな夫婦［ポテト・ニシンソバ］（天野忠）……26
ブラザー軒［かき氷］（菅原克己）……30
朝［味噌汁］（大木実）……34
伝説［お粥］（会田綱雄）……37
むらさきの花［ケーキ］（高田敏子）……44
自転車にのるクラリモンド［マーマレード］（石原吉郎）……55
夕方の三十分［卵焼き］（黒田三郎）……67
貧しい町［天ぷら］（石垣りん）……88
もつと強く［ジャム・鰻］（茨木のり子）……131
汲む［生牡蠣］（茨木のり子）……138
答［かき餅］（茨木のり子）……143
おならうた［芋・栗］（谷川俊太郎）……175
パンの話（吉原幸子）……180
スープの煮えるまで（三木卓）……186
身上話［パン・おにぎり］（富岡多惠子）……190
歪ませないように［白玉］（伊藤比呂美）……202
悪いおっぱい［ヤムイモほか］（伊藤比呂美）……206

D14 お酒の詩

僕はまるでちがつて（黒田三郎）……64
賭け（黒田三郎）……64
夕方の三十分（黒田三郎）……67
秋の日の午後三時（黒田三郎）……68
ちいさな遺書（中桐雅夫）……75
日課（中桐雅夫）……76
会社の人事（中桐雅夫）……76
レインコートを失くす（関根弘）……79
橋上の人（鮎川信夫）……95
六月（茨木のり子）……133
わたしを束ねないで（新川和江）……151
客人来たりぬ（三木卓）……187
系図（三木卓）……189

D15 仏教とお寺の詩

念ずれば花ひらく（坂村真民）……22
二度とない人生だから（坂村真民）……23
I was born［寺］（吉野弘）……120
石仏（吉野弘）……123
花の名［涅槃図］（茨木のり子）……135
ふゆのさくら［撞楼の鐘］（新川和江）……152

D16 キリスト教と教会の詩

フェルナンデス［寺院］（石原吉郎）……57
男について［エホバ］（滝口雅子）……61
そこにひとつの席が［教会］（黒田三郎）……66
水の星［ノアの箱舟］（茨木のり子）……144
身上話［中世の教会］（富岡多惠子）……190

D17 自己犠牲の詩

生ましめん哉（栗原貞子）……32
伝説（会田綱雄）……37
鴨（会田綱雄）……39
位置（石原吉郎）……51
クレバスに消えた女性隊員（秋谷豊）……105

D18 機知・ユーモア・諷刺の詩

動物園の珍しい動物（天野忠）……26
しずかな夫婦（天野忠）……26
居直りりんご（石原吉郎）……56
なんでも一番（関根弘）……77
君はかわいいと（安水稔和）……163
未確認飛行物体（入沢康夫）……165
おならうた（谷川俊太郎）……175
てつがくのライオン（工藤直子）……192

D19 批判の詩

だまして下さい言葉やさしく（永瀬清子）……18
美しい国（永瀬清子）……18
不安（崔華國）……50
序（峠三吉）……58
私の前にある鍋とお釜と燃える火と（石垣りん）……81
鎮魂歌（木原孝一）……101
ちひさな群への挨拶（吉本隆明）……112
もつと強く（茨木のり子）……131
美代子、石を投げなさい（荒川洋治）……198

E 人生

E1 誕生と出産の詩

生ましめん哉（栗原貞子）……32
初めての児に（吉野弘）……119
I was born（吉野弘）……120
歌（新川和江）……153

ギラギラノ破片ヤ（原民喜）……………………14
水ヲ下サイ（原民喜）……………………………15
永遠のみどり（原民喜）…………………………16
碑銘（原民喜）……………………………………16
生ましめん哉（栗原貞子）………………………32
不安（崔華國）……………………………………50
序（峠三吉）………………………………………58
仮繃帯所にて（峠三吉）…………………………58
D2　戦争の詩（空襲）
炎える母（宗左近）………………………………73
鎮魂歌（木原孝一）……………………………101
わたしが一番きれいだったとき
（茨木のり子）…………………………………133
他人の空（飯島耕一）…………………………158
D3　戦争の詩（南方戦線）
もはやそれ以上［ジャワ島］（黒田三郎）……63
死のなかに［ジャワ島］（黒田三郎）…………70
崖［サイパン島］（石垣りん）…………………87
死んだ男［ビルマ］（鮎川信夫）………………92
神の兵士［東シナ海］（鮎川信夫）……………99
花の名［ラバウル］（茨木のり子）…………135
木の実［ミンダナオ島］（茨木のり子）……142
理髪店にて［レイテ沖海戦］
（長谷川龍生）…………………………………149
D4　戦争の詩（敗戦後）
美しい国（永瀬清子）……………………………18
二度とない人生だから（坂村真民）……………23
米（天野忠）………………………………………25
死んだ男（鮎川信夫）……………………………92
四千の日と夜（田村隆一）……………………107
わたしが一番きれいだったとき
（茨木のり子）…………………………………133
凧（中村稔）……………………………………146
他人の空（飯島耕一）…………………………158
D5　革命と抵抗の詩
マクシム（菅原克己）……………………………31
この部屋を出てゆく（関根弘）…………………80
東京へゆくな（谷川雁）………………………111
ちひさな群への挨拶（吉本隆明）……………112
空想のゲリラ（黒田喜夫）……………………126
毒虫飼育（黒田喜夫）…………………………128
六月（茨木のり子）……………………………133
パウロウの鶴（長谷川龍生）…………………147
身上話（富岡多惠子）…………………………190
D6　乗り物の詩（船・飛行機）
伝説［舟］（会田綱雄）…………………………37
洛東江［ボート］（崔華國）……………………48
もう一つの故郷［飛行機］（崔華國）…………49
もはやそれ以上［船］（黒田三郎）……………63
死のなかに［引揚船］（黒田三郎）……………70
繋船ホテルの朝の歌［係留船］（鮎川信夫）…93
神の兵士［病院船］（鮎川信夫）………………99
佃渡しで［渡船］（吉本隆明）………………114
水の星［ノアの箱舟］（茨木のり子）………144
理髪店にて［巡洋艦鳥海］（長谷川龍生）…149
未確認飛行物体［UFO］（入沢康夫）………165
D7　乗り物の詩（自動車など）
自転車にのるクラリモンド（石原吉郎）……55
レインコートを失くす（関根弘）……………79
この部屋を出てゆく（関根弘）………………80
虹の足（吉野弘）………………………………123
青梅街道（茨木のり子）………………………140
朝のリレー（谷川俊太郎）……………………171
燃える（吉増剛造）……………………………196
制服（井坂洋子）………………………………202
D8　乗り物の詩（鉄道）
ギラギラノ破片ヤ［路面電車］（原民喜）……14
米［運び屋］（天野忠）…………………………25
晩夏［井笠鉄道］（木下夕爾）…………………46
もう一つの故郷［高崎線］（崔華國）…………49
葬式列車［シベリア鉄道］（石原吉郎）………52
洗剤のある風景［日本海縦貫線］
（石垣りん）………………………………………91
夕焼け［丸ノ内線］（吉野弘）………………121
根府川の海［東海道本線］（茨木のり子）…130
花の名［東海道本線］（茨木のり子）………135
かなしみ［駅］（谷川俊太郎）………………165
喪失ではなく［車窓］（吉原幸子）…………177
発車［駅］（吉原幸子）………………………182
あけがたには［東海道本線］（藤井貞和）…196
D9　学校の詩
夜学生（木下夕爾）……………………………47
鎮魂歌（木原孝一）……………………………101
佃渡しで（吉本隆明）…………………………114
初恋（吉原幸子）………………………………178
系図（三木卓）…………………………………189
朝礼（井坂洋子）………………………………201
制服（井坂洋子）………………………………202
D10　会社と仕事の詩
動物園の珍しい動物（天野忠）………………26
秋の日の午後三時（黒田三郎）………………68
会社の人事（中桐雅夫）………………………76
貧しい町（石垣りん）…………………………88
定年（石垣りん）………………………………90
汲む（茨木のり子）……………………………138
青梅街道（茨木のり子）………………………140
D11　お店の詩
ブラザー軒［洋食屋］（菅原克己）……………30

橋上の人（鮎川信夫）……95
青梅街道（茨木のり子）……140
答（茨木のり子）……143
C16　存在と哲学の詩
ぼくが　ここに（まど・みちお）……29
位置（石原吉郎）……51
居直りりんご（石原吉郎）……56
木のあいさつ（石原吉郎）……56
フェルナンデス（石原吉郎）……57
木（田村隆一）……110
生れた子に（山本太郎）……116
散歩の唄（山本太郎）……116
独楽（高野喜久雄）……146
鏡（高野喜久雄）……147
芝生（谷川俊太郎）……174
無題（吉原幸子）……176
てつがくのライオン（工藤直子）……192
C17　幸福の詩
踊りの輪（永瀬清子）……19
極楽（天野忠）……28
自転車にのるクラリモンド（石原吉郎）……55
虹の足（吉野弘）……123
答（茨木のり子）……143
芝生（谷川俊太郎）……174
幸福が遠すぎたら（寺山修司）……194
C18　生きている実感の詩
海（黒田三郎）……69
ある日ある時（黒田三郎）……72
生きる（谷川俊太郎）……172
Ｊに（吉原幸子）……180
C19　挫折・後悔・劣等感の詩
あけがたにくる人よ（永瀬清子）……20
あーあ（天野忠）……25
マクシム（菅原克己）……31
猿蟹合戦（大木実）……34
僕はまるでちがつて（黒田三郎）……64
炎える母（宗左近）……73
会社の人事（中桐雅夫）……76
繫船ホテルの朝の歌（鮎川信夫）……93
練習問題（阪田寛夫）……115
鳥（安水稔和）……164
C20　不安と恐怖の詩
不安（崔華國）……50
橋上の人（鮎川信夫）……95
囚人（三好豊一郎）……101
四千の日と夜（田村隆一）……107
見えない木（田村隆一）……109
毒虫飼育（黒田喜夫）……128
理髪店にて（長谷川龍生）……149
名づけられた葉（新川和江）……153
二十億光年の孤独（谷川俊太郎）……166
C21　痛みの詩
コレガ人間ナノデス（原民喜）……14
水ヲ下サイ（原民喜）……15
生ましめんかな（栗原貞子）……32
脱走（石原吉郎）……53
仮繃帯所にて（峠三吉）……58
死んだ男（鮎川信夫）……92
あたらしいいのちに（吉原幸子）……179
傷（青木はるみ）……184
きっと便器なんだろう（伊藤比呂美）……204
C22　喪失感の詩
諸国の天女（永瀬清子）……17
峠（真壁仁）……21
おさなご（大木実）……35
布良海岸（高田敏子）……42
主婦の手（高田敏子）……42
定年（石垣りん）……90
独楽（高野喜久雄）……146
鏡（高野喜久雄）……147
かなしみ（谷川俊太郎）……165
無題（吉原幸子）……176
C23　記憶にかかわる詩
永遠のみどり（原民喜）……16
碑銘（原民喜）……16
自転車にのるクラリモンド（石原吉郎）……55
レインコートを失くす（関根弘）……79
四千の日と夜（田村隆一）……107
凧（中村稔）……146
芝生（谷川俊太郎）……174
C24　沈黙にかかわる詩
脱走（石原吉郎）……53
女の自尊心にこうして勝つ（関根弘）……78
小さいマリの歌（鮎川信夫）……97
四千の日と夜（田村隆一）……107
帰途（田村隆一）……108
木（田村隆一）……110
C25　屈辱と怒りの詩
脱走（石原吉郎）……53
序（峠三吉）……58
それは（黒田三郎）……62
女の自尊心にこうして勝つ（関根弘）……78
六月（茨木のり子）……133
傷（青木はるみ）……184

D　社会

D1　戦争の詩（原爆）
コレガ人間ナノデス（原民喜）……14

朝（大木実）……34
月夜（大木実）……35
橋［娘］（高田敏子）……40
祝婚歌［姪］（吉野弘）……125
41（谷川俊太郎）……169
62（谷川俊太郎）……169
愛（谷川俊太郎）……170
C5　男女齟齬の詩
だまして下さい言葉やさしく（永瀬清子）……18
男について（滝口雅子）……61
女の自尊心にこうして勝つ（関根弘）……78
祝婚歌（吉野弘）……125
41（谷川俊太郎）……169
62（谷川俊太郎）……169
愛（谷川俊太郎）……170
身上話（富岡多恵子）……190
きっと便器なんだろう（伊藤比呂美）……204
C6　性欲と女の体の詩
男について（滝口雅子）……61
花の名（茨木のり子）……135
海鳴り（高良留美子）……183
朝狂って（吉増剛造）……195
燃える（吉増剛造）……196
朝礼（井坂洋子）……201
制服（井坂洋子）……202
歪ませないように（伊藤比呂美）……202
きっと便器なんだろう（伊藤比呂美）……204
悪いおっぱい（伊藤比呂美）……206
C7　性交にかかわる詩
朝（大木実）……34
伝説（会田綱雄）……37
別の名（高田敏子）……43
そこにひとつの席が（黒田三郎）……66
繋船ホテルの朝の歌（鮎川信夫）……93
客人来たりぬ（三木卓）……187
身上話（富岡多恵子）……190
C8　キスの詩
別の名（高田敏子）……43
賭け（黒田三郎）……64
小さいマリの歌（鮎川信夫）……97
君はかわいいと（安水稔和）……163
初恋（吉原幸子）……178
C9　父の詩
極楽（天野忠）……28
ブラザー軒（菅原克己）……30
伝説（会田綱雄）……37
鴨（会田綱雄）……39
別の名（高田敏子）……43
それは［義父］（黒田三郎）……62
くらし（石垣りん）……86
I was born（吉野弘）……120
花の名（茨木のり子）……135
C10　母・祖母の詩
念ずれば花ひらく（坂村真民）……22
屋根（大木実）……33
作品考（崔華國）……49
死のなかに（黒田三郎）……70
炎える母（宗左近）……73
私の前にある鍋とお釜と燃える火と
（石垣りん）……81
儀式（石垣りん）……89
神の兵士（鮎川信夫）……99
I was born（吉野弘）……120
毒虫飼育（黒田喜夫）……128
答（茨木のり子）……143
わたしを束ねないで（新川和江）……151
C11　父母にかかわる詩
おさなご（大木実）……35
序（峠三吉）……58
仮繃帯所にて（峠三吉）……58
そこにひとつの席が［義父母］（黒田三郎）……66
屋根（石垣りん）……82
空想のゲリラ（黒田喜夫）……126
さようなら（谷川俊太郎）……175
系図（三木卓）……189
身上話（富岡多恵子）……190
C12　兄弟姉妹の詩
ブラザー軒（菅原克己）……30
猿蟹合戦（大木実）……34
仮繃帯所にて（峠三吉）……58
神の兵士（鮎川信夫）……99
鎮魂歌（木原孝一）……101
傷（青木はるみ）……184
見附のみどりに（荒川洋治）……197
C13　故郷の詩
洛東江（崔華國）……48
もう一つの故郷（崔華國）……49
東京へゆくな（谷川雁）……111
佃渡しで（吉本隆明）……114
空想のゲリラ（黒田喜夫）……126
花の名（茨木のり子）……135
C14　別離の詩
峠（真壁仁）……21
ちひさな群への挨拶（吉本隆明）……112
さようなら（谷川俊太郎）……175
幸福が遠すぎたら（寺山修司）……194
C15　無常の詩
幻の花（石垣りん）……86

母国語［セーヌ川］(飯島耕一) …………… 160
地名論［ヴェネチア］(大岡信) …………… 162
ネロ［メゾンラフィット（仏)］
　(谷川俊太郎)………………………………… 167
朝のリレー［ローマ］(谷川俊太郎) ……… 171
生きる［アルプス］(谷川俊太郎) ………… 172
スープの煮えるまで［ギリシャ人］
　(三木卓)……………………………………… 186
B11　海外にかかわる詩（米国）
美しい国［米英］(永瀬清子) …………………18
なんでも一番［ニューヨーク］(関根弘) ……77
鎮魂歌［アメリカ］(木原孝一) …………… 101
ネロ［ウイリアムスバーグ橋（米)］
　(谷川俊太郎)………………………………… 167
朝のリレー［ニューヨーク］
　(谷川俊太郎)………………………………… 171
B12　海外にかかわる詩（旧ソ連）
夜学生［シベリア］(木下夕爾) ………………47
位置［シベリア抑留］(石原吉郎) ……………51
葬式列車［シベリア抑留］(石原吉郎) ………52
脱走［シベリア抑留・ザバイカル・ウクライナ・
　コーカサス］(石原吉郎) ……………………53
毒虫飼育［ソ連］(黒田喜夫) ……………… 128
朝のリレー［カムチヤツカ］(谷川俊太郎)… 171
B13　海外にかかわる詩（アフリカ・中南米）
動物園の珍しい動物［セネガル］(天野忠) …26
地名論［バルパライソ（チリ)・トンブクトゥ
　(マリ)］(大岡信) ………………………… 162
ネロ［オラン（アルジェリア)］
　(谷川俊太郎)………………………………… 167
朝のリレー［メキシコ］(谷川俊太郎) …… 171
B14　山の詩
峠［美幌峠］(真壁仁) …………………………21
伝説（会田綱雄) ………………………………37
むらさきの花（高田敏子) ……………………44
ハーケンの歌（秋谷豊) …………………… 104
登攀［北アルプス］(秋谷豊) ……………… 104
クレバスに消えた女性隊員［ボゴダ峰」
　(秋谷豊)……………………………………… 105
見えない木［浅間山］(田村隆一) ………… 109
虹の足［榛名山］(吉野弘) ………………… 123
生きる［アルプス］(谷川俊太郎) ………… 172
さようなら（谷川俊太郎) ………………… 175
B15　川の詩
水ヲ下サイ［京橋川］(原民喜) ………………15
マクシム（菅原克己) …………………………31
橋（高田敏子) …………………………………40
洛東江（崔華國) ………………………………48
繋船ホテルの朝の歌（鮎川信夫) ……………93
橋上の人［外堀川］(鮎川信夫) ………………95
佃渡しで［隅田川］(吉本隆明) …………… 114
母国語［セーヌ川］(飯島耕一) …………… 160
地名論［瀬田の唐橋］(大岡信) …………… 162
B16　湖・沼・池の詩
伝説（会田綱雄) ………………………………37
鴨（会田綱雄) …………………………………39
もう一つの故郷［宍道湖］(崔華國) …………49
秋の日の午後三時［不忍池］(黒田三郎) ……68
凧（中村稔) ………………………………… 146
パウロウの鶴（長谷川龍生) ……………… 147
B17　海の詩（特定の海）
布良海岸（高田敏子) …………………………42
もう一つの故郷［山陰］(崔華國) ……………49
もはやそれ以上［南方戦線］(黒田三郎) ……63
崖［サイパン島］(石垣りん) …………………87
洗剤のある風景［日本海］(石垣りん) ………91
繋船ホテルの朝の歌［首都圏］(鮎川信夫) …93
神の兵士［東シナ海］(鮎川信夫) ……………99
根府川の海［相模湾］(茨木のり子) ……… 130
もつと強く［伊勢の海］(茨木のり子) …… 131
理髪店にて［南方戦線］(長谷川龍生) …… 149
B18　海の詩（海一般）
海（高田敏子) …………………………………40
忘れもの（高田敏子) …………………………41
海（黒田三郎) …………………………………69
歌（新川和江) ……………………………… 153
海鳴り（高良留美子) ……………………… 183

C　感情

C1　恋愛の詩
洛東江（崔華國) ………………………………48
練習問題（阪田寛夫) ……………………… 115
君はかわいいと（安水稔和) ……………… 163
初恋（吉原幸子) …………………………… 178
オンディーヌⅠ（吉原幸子) ……………… 181
あいたくて（工藤直子) …………………… 193
C2　不倫の詩
藤の花（高田敏子) ……………………………43
もつと強く（茨木のり子) ………………… 131
ふゆのさくら（新川和江) ………………… 152
C3　出会いと結婚の詩（黒田三郎）
それは（黒田三郎) ……………………………62
もはやそれ以上（黒田三郎) …………………63
僕はまるでちがつて（黒田三郎) ……………64
賭け（黒田三郎) ………………………………64
そこにひとつの席が（黒田三郎) ……………66
C4　出会いと結婚の詩（黒田三郎以外）
しずかな夫婦（天野忠) ………………………26

登攀（秋谷豊）…………………………… 104
東京へゆくな（谷川雁）………………… 111
A33　自然物の詩（石）
碑銘（原民喜）……………………………16
会社の人事（中桐雅夫）…………………76
生れた子に（山本太郎）………………… 116
石仏（吉野弘）…………………………… 123
美代子、石を投げなさい（荒川洋治）…… 198
A34　自然物の詩（砂）
碑銘（原民喜）……………………………16
脱走（石原吉郎）…………………………53
秋の日の午後三時（黒田三郎）…………68
海（黒田三郎）……………………………69
毒虫飼育（黒田喜夫）…………………… 128
鳥（安水稔和）…………………………… 164
未確認飛行物体（入沢康夫）…………… 165
海鳴り（高良留美子）…………………… 183

B　地理

B1　地名の詩
もう一つの故郷（崔華國）………………49
地名論（大岡信）………………………… 162
朝のリレー（谷川俊太郎）……………… 171
美代子、石を投げなさい（荒川洋治）…… 198

B2　日本各地の詩（北海道・東北）
峠［美幌峠］（真壁仁）……………………21
ブラザー軒［仙台］（菅原克己）…………30
空想のゲリラ［寒河江］（黒田喜夫）……… 126
地名論［札幌・奥入瀬］（大岡信）………… 162
美代子、石を投げなさい［岩手］
（荒川洋治）…………………………… 198
B3　日本各地の詩（新宿区）
炎える母［左門町ほか］（宗左近）…………73
この部屋を出てゆく［柏木］（関根弘）………80
青梅街道［内藤新宿］（茨木のり子）……… 140
理髪店にて［新宿］（長谷川龍生）………… 149
見附のみどりに［改代町・新宿］
（荒川洋治）…………………………… 197
B4　日本各地の詩（東京）
秋の日の午後三時［不忍池］（黒田三郎）……68
貧しい町［荏原中延］（石垣りん）…………88
東京へゆくな［東京］（谷川雁）…………… 111
佃渡しで［佃島］（吉本隆明）……………… 114
花の名［千住・東京駅］（茨木のり子）…… 135
青梅街道［青梅］（茨木のり子）…………… 140
地名論［御茶の水・荻窪］（大岡信）……… 162
美代子、石を投げなさい［杉並・世田谷・
墨田区立花・湯島］（荒川洋治）………… 198
B5　日本各地の詩（関東）
布良海岸［房総半島］（高田敏子）……………42
藤の花［春日部・牛島］（高田敏子）…………43
もう一つの故郷［成田空港・高崎］
（崔華國）…………………………………49
虹の足［榛名山］（吉野弘）……………… 123
根府川の海［相模湾］（茨木のり子）……… 130
地名論［鵠沼］（大岡信）………………… 162
あけがたには［神奈川県］（藤井貞和）…… 196
美代子、石を投げなさい［横浜・寿町・所沢］
（荒川洋治）…………………………… 198
B6　日本各地の詩（中部）
洗剤のある風景［日本海］（石垣りん）………91
登攀［北アルプス］（秋谷豊）……………… 104
見えない木［浅間山］（田村隆一）………… 109
花の名［浜松・吉良町］（茨木のり子）…… 135
あけがたには［名古屋］（藤井貞和）……… 196
B7　日本各地の詩（関西）
しずかな夫婦［京都］（天野忠）……………26
クレバスに消えた女性隊員［京都山岳会］
（秋谷豊）……………………………… 105
もつと強く［明石・伊勢］（茨木のり子）… 131
地名論［瀬田の唐橋］（大岡信）…………… 162
ネロ［淀］（谷川俊太郎）………………… 167
B8　日本各地の詩（中国・四国）
→D1戦争の詩（原爆）参照
諸国の天女［岡山・熊山］（永瀬清子）………17
踊りの輪［岡山・熊山］（永瀬清子）…………19
念ずれば花ひらく［宇和島］（坂村真民）……22
晩夏［福山市］（木下夕爾）…………………46
夜学生［福山市］（木下夕爾）………………47
ひばりのす［福山市］（木下夕爾）…………47
もう一つの故郷［美保関・松江・出雲・宍道湖］
（崔華國）…………………………………49
B9　海外にかかわる詩（アジア）
→D3戦争の詩（南方戦線）参照
洛東江［朝鮮半島］（崔華國）………………48
作品考［朝鮮半島］（崔華國）………………49
鎮魂歌［チャイナ］（木原孝一）………… 101
クレバスに消えた女性隊員［東トルキスタン］
（秋谷豊）……………………………… 105
燃える［アジア］（吉増剛造）…………… 196
B10　海外にかかわる詩（欧州）
作品考［フランス］（崔華國）………………49
なんでも一番［ロンドン］（関根弘）…………77
レインコートを失くす［アウシュヴィッツ］
（関根弘）…………………………………79
わたしが一番きれいだったとき［フランス］
（茨木のり子）………………………… 133

米（天野忠）……25
屋根（大木実）……33
繋船ホテルの朝の歌（鮎川信夫）……93
悪いおっぱい（伊藤比呂美）…… 206
A23　気象天文の詩（雲・霧・雪・氷）
忘れもの［入道雲］（高田敏子）……41
なんでも一番［霧］（関根弘）……77
死んだ男［霧］（鮎川信夫）……92
ハーケンの歌［雪渓］（秋谷豊）…… 104
登攀［雪渓］（秋谷豊）…… 104
クレバスに消えた女性隊員［氷河］（秋谷豊）…… 105
見えない木［雪］（田村隆一）…… 109
散歩の唄［雲］（山本太郎）…… 116
喪失ではなく［雪］（吉原幸子）…… 177
A24　気象天文の詩（空・天・虹）
碑銘（原民喜）……16
諸国の天女（永瀬清子）……17
マクシム（菅原克己）……31
ある日ある時（黒田三郎）……72
空をかついで（石垣りん）……91
散歩の唄（山本太郎）…… 116
虹の足（吉野弘）…… 123
凧（中村稔）…… 146
他人の空（飯島耕一）…… 158
かなしみ（谷川俊太郎）…… 165
はる（谷川俊太郎）…… 166
41（谷川俊太郎）…… 169
木（高良留美子）…… 183
A25　気象天文の詩（地球）
ぼくが　ここに（まど・みちお）……29
もう一つの故郷（崔華國）……49
ちひさな群への挨拶（吉本隆明）…… 112
水の星（茨木のり子）…… 144
二十億光年の孤独（谷川俊太郎）…… 166
朝のリレー（谷川俊太郎）…… 171
生きる（谷川俊太郎）…… 172
海鳴り（高良留美子）…… 183
A26　気象天文の詩（星）
美しい国（永瀬清子）……18
ブラザー軒（菅原克己）……30
囚人（三好豊一郎）…… 101
未確認飛行物体（入沢康夫）…… 165
二十億光年の孤独（谷川俊太郎）…… 166
生きる（谷川俊太郎）…… 172
燃える（吉増剛造）…… 196
A27　気象天文の詩（月）
踊りの輪（永瀬清子）……19
月夜（大木実）……35
死のなかに（黒田三郎）……70
海鳴り（高良留美子）…… 183
A28　気象天文の詩（太陽）
用意（石垣りん）……83
死んだ男（鮎川信夫）……92
小さいマリの歌（鮎川信夫）……97
生れた子に（山本太郎）…… 116
水の星（茨木のり子）…… 144
燃える（吉増剛造）…… 196
A29　気象天文の詩（朝）
朝（大木実）……34
繋船ホテルの朝の歌（鮎川信夫）……93
凧（中村稔）…… 146
朝のリレー（谷川俊太郎）…… 171
朝狂って（吉増剛造）…… 195
朝礼（井坂洋子）…… 201
A30　気象天文の詩（夕方）
夕方の三十分（黒田三郎）……67
洗剤のある風景（石垣りん）……91
帰途（田村隆一）…… 108
I was born（吉野弘）…… 120
夕焼け（吉野弘）…… 121
六月（茨木のり子）…… 133
どうかして（川崎洋）…… 157
発車（吉原幸子）…… 182
てつがくのライオン（工藤直子）…… 192
A31　気象天文の詩（夜）
ブラザー軒（菅原克己）……30
生ましめんかな（栗原貞子）……32
月夜（大木実）……35
夜学生（木下夕爾）……47
作品考（崔華國）……49
葬式列車（石原吉郎）……52
新古今集断想（安西均）……60
花の店（安西均）……60
静物（吉岡実）……72
シジミ（石垣りん）……84
貧しい町（石垣りん）……88
繋船ホテルの朝の歌（鮎川信夫）……93
囚人（三好豊一郎）…… 101
四千の日と夜（田村隆一）…… 107
パウロウの鶴（長谷川龍生）…… 147
水（新川和江）…… 155
未確認飛行物体（入沢康夫）…… 165
あけがたには（藤井貞和）…… 196
A32　自然物の詩（岩）
布良海岸（高田敏子）……42
むらさきの花（高田敏子）……44
ハーケンの歌（秋谷豊）…… 104

A14　植物の詩（特定の花）
藤の花［藤］（高田敏子）……43
別の名［あんず］（高田敏子）……43
むらさきの花［トリカブト］（高田敏子）……44
死のなかに［馬酔木］（黒田三郎）……70
幻の花［菊］（石垣りん）……86
根府川の海［カンナ］（茨木のり子）……130
小さな娘が思ったこと［木犀・くちなし］（茨木のり子）……134
花の名［泰山木・菜の花・辛夷］（茨木のり子）……135
見えない季節［チューリップ］（牟礼慶子）……150
わたしを束ねないで［ストック］（新川和江）……151
ののはな［ナズナ・菜の花］（谷川俊太郎）……173
パンの話［バラ］（吉原幸子）……180
燃える［梨］（吉増剛造）……196
A15　植物の詩（花一般）
碑銘（原民喜）……16
念ずれば花ひらく（坂村真民）……22
二度とない人生だから（坂村真民）……23
晩夏（木下夕爾）……46
花の店（安西均）……60
生命は（吉野弘）……124
未確認飛行物体（入沢康夫）……165
A16　植物の詩（草など）
二度とない人生だから［露草］（坂村真民）……23
晩夏［南瓜の蔓・黍の葉］（木下夕爾）……46
ひばりのす［麦畑］（木下夕爾）……47
作品考［綿花］（崔華國）……49
東京へゆくな［羊歯］（谷川雁）……111
毒虫飼育［桑の葉ほか］（黒田喜夫）……128
わたしを束ねないで［稲穂］（新川和江）……151
土へのオード1［牧草ほか］（新川和江）……154
芝生（谷川俊太郎）……174
見附のみどりに［草・葉陰］（荒川洋治）……197
悪いおっぱい［植物繁茂］（伊藤比呂美）……206
A17　生き物の詩（虫）
忘れもの［蟬］（高田敏子）……41
晩夏［てんとう虫］（木下夕爾）……46
夜学生［馬追］（木下夕爾）……47
僕はまるでちがつて［蝶］（黒田三郎）……64
I was born［蜉蝣］（吉野弘）……120
生命は［虻］（吉野弘）……124
毒虫飼育［蚕・尺取虫］（黒田喜夫）……128
わたしを束ねないで［昆虫］（新川和江）……151
無題［なめくじ］（吉原幸子）……176
てつがくのライオン［蝸牛］（工藤直子）……192
悪いおっぱい［昆虫・蓑虫］（伊藤比呂美）……206
A18　生き物の詩（魚介類）
伝説［蟹］（会田綱雄）……37
シジミ（石垣りん）……84
儀式［鰹・鯛・鰈］（石垣りん）……89
佃渡しで［蟹・魚］（吉本隆明）……114
もつと強く［鯛・鰻］（茨木のり子）……131
傷［蟹・魚］（青木はるみ）……184
A19　生き物の詩（鳥）
あけがたにくる人よ［山鳩］（永瀬清子）……20
鴨（会田綱雄）……39
ひばりのす（木下夕爾）……47
秋の日の午後三時［アヒル］（黒田三郎）……68
鎮魂歌［百舌］（木原孝一）……101
登攀［雷鳥］（秋谷豊）……104
四千の日と夜［小鳥］（田村隆一）……107
見えない木［小鳥］（田村隆一）……109
木［小鳥］（田村隆一）……110
佃渡しで［鷗・鳶］（吉本隆明）……114
初めての児に［禿鷹］（吉野弘）……119
パウロウの鶴（長谷川龍生）……147
はくちょう（川崎洋）……156
どうかして（川崎洋）……157
鳥（安水稔和）……164
木（高良留美子）……183
A20　生き物の詩（動物）
ギラギラノ破片ヤ［馬］（原民喜）……14
ぼくが　ここに［象］（まど・みちお）……29
むらさきの花［犬］（高田敏子）……44
秋の日の午後三時［アシカ］（黒田三郎）……68
小さいマリの歌［子兎・栗鼠・犬］（鮎川信夫）……97
囚人［犬］（三好豊一郎）……101
鎮魂歌［小山羊・狼］（木原孝一）……101
見えない木［栗鼠・狐］（田村隆一）……109
ネロ［犬］（谷川俊太郎）……167
かっぱ（谷川俊太郎）……173
いるか（谷川俊太郎）……174
てつがくのライオン（工藤直子）……192
A21　気象天文の詩（風）
会社の人事（中桐雅夫）……76
生命は（吉野弘）……124
凧（中村稔）……146
無題（吉原幸子）……176
木（高良留美子）……183
あけがたには（藤井貞和）……196
A22　気象天文の詩（風雨）
諸国の天女（永瀬清子）……17

A　自然

A1　季節の詩（春・若葉）
永遠のみどり（原民喜）……16
青梅街道（茨木のり子）……140
名づけられた葉（新川和江）……153
見附のみどりに（荒川洋治）……197
A2　季節の詩（春・花鳥と青春）
ひばりのす（木下夕爾）……47
花の名（茨木のり子）……135
うたのように3（大岡信）……161
はる（谷川俊太郎）……166
ののはな（谷川俊太郎）……173
A3　季節の詩（春・徒労と無常）
諸国の天女（永瀬清子）……17
会社の人事（中桐雅夫）……76
屋根（石垣りん）……82
青梅街道（茨木のり子）……140
無題（吉原幸子）……176
A4　季節の詩（夏・死者を思う）
ブラザー軒（菅原克己）……30
I was born（吉野弘）……120
ネロ（谷川俊太郎）……167
A5　季節の詩（夏・一般）
踊りの輪（永瀬清子）……19
忘れもの（高田敏子）……41
布良海岸（高田敏子）……42
晩夏（木下夕爾）……46
登攀（秋谷豊）……104
六月（茨木のり子）……133
悪いおっぱい（伊藤比呂美）……206
A6　季節の詩（秋）
猿蟹合戦（大木実）……34
夜学生（木下夕爾）……47
洛東江（崔華國）……48
秋の日の午後三時（黒田三郎）……68
ある日ある時（黒田三郎）……72
静物（吉岡実）……72
用意（石垣りん）……83
幻の花（石垣りん）……86
石仏（吉野弘）……123
A7　季節の詩（冬・調理の火）
私の前にある鍋とお釜と燃える火と（石垣りん）……81
答（茨木のり子）……143
スープの煮えるまで（三木卓）……186
A8　季節の詩（冬・一般）
新古今集断想（安西均）……60
男について（滝口雅子）……61
見えない木（田村隆一）……109
ちひさな群への挨拶（吉本隆明）……112
佃渡しで（吉本隆明）……114
見えない季節（牟礼慶子）……150
ふゆのさくら（新川和江）……152
A9　植物の詩（並木）
毒虫飼育（黒田喜夫）……128
六月（茨木のり子）……133
うたのように3（大岡信）……161
さようなら（谷川俊太郎）……175
スープの煮えるまで（三木卓）……186
A10　植物の詩（樹木）
猿蟹合戦［柿］（大木実）……34
藤の花［藤］（高田敏子）……43
木のあいさつ（石原吉郎）……56
用意［落葉］（石垣りん）……83
見えない木［楡・樅］（田村隆一）……109
木（田村隆一）……110
木の実［熱帯樹］（茨木のり子）……142
名づけられた葉［ポプラ］（新川和江）……153
どうかして（川崎洋）……157
無題（吉原幸子）……176
木（高良留美子）……183
A11　植物の詩（リンゴ）
居直りりんご（石原吉郎）……56
静物（吉岡実）……72
用意（石垣りん）……83
鎮魂歌（木原孝一）……101
奈々子に（吉野弘）……117
わたしを束ねないで（新川和江）……151
歌（新川和江）……153
土へのオード1（新川和江）……154
燃える（吉増剛造）……196
A12　植物の詩（果実）
猿蟹合戦［柿］（大木実）……34
新古今集断想［橘］（安西均）……60
男について［あんず］（滝口雅子）……61
賭け［葡萄］（黒田三郎）……64
死のなかに［パパイア］（黒田三郎）……70
静物［梨・葡萄］（吉岡実）……72
用意［葡萄］（石垣りん）……83
鎮魂歌［梨］（木原孝一）……101
六月（茨木のり子）……133
木の実（茨木のり子）……142
ふゆのさくら［レモン］（新川和江）……152
A13　植物の詩（桜）
花の名（茨木のり子）……135
ふゆのさくら（新川和江）……152
さようなら（谷川俊太郎）……175

D9 学校の詩 …… 215
D10 会社と仕事の詩 …… 215
D11 お店の詩 …… 215
D12 お金の詩 …… 214
D13 食べ物の詩 …… 214
D14 お酒の詩 …… 214
D15 仏教とお寺の詩 …… 214
D16 キリスト教と教会の詩 …… 214
D17 自己犠牲の詩 …… 214
D18 機知・ユーモア・諷刺の詩 …… 214
D19 批判の詩 …… 214

E 人生

E1 誕生と出産の詩 …… 214
E2 子供を描いた詩 …… 213
E3 子供に言及した詩 …… 213
E4 子に語りかける詩 …… 213
E5 少年の詩 …… 213
E6 少女の詩 …… 213
E7 志を述べる詩 …… 213
E8 希望の詩 …… 213
E9 女の生き方の詩 …… 213
E10 夫婦の詩 …… 212
E11 屋根の詩 …… 212
E12 台所の詩 …… 212
E13 旅と道の詩 …… 212
E14 貧しさの詩 …… 212
E15 病気の詩 …… 212
E16 人生回顧の詩 …… 212
E17 老いと老人の詩 …… 212
E18 死にかかわる詩 …… 212
E19 死ぬ時を思う詩 …… 212
E20 死者を悼む詩 …… 212

F 文芸

F1 人生訓の詩（努力と誠実） …… 211
F2 人生訓の詩（独立自尊ほか） …… 211
F3 児童向きの詩（谷川俊太郎） …… 211
F4 児童向きの詩（谷川俊太郎以外） …… 211
F5 平仮名の詩 …… 211
F6 片仮名の詩 …… 211
F7 ソネット風14行詩 …… 211
F8 散文詩 …… 211
F9 長詩（70行以上） …… 211
F10 短詩（8行以下） …… 211
F11 対話形式の詩 …… 211
F12 言葉についての詩（文法など） …… 211
F13 言葉についての詩（言葉一般） …… 210
F14 詩作についての詩 …… 210
F15 文学にかかわる詩（日本文学） …… 210
F16 文学にかかわる詩（西洋文学） …… 210
F17 読書の詩 …… 210
F18 美術・映画にかかわる詩 …… 210
F19 色彩の詩 …… 210
F20 音楽・楽器にかかわる詩 …… 210
F21 音の詩 …… 210
F22 芸術至上主義の詩 …… 210

テーマ索引

目次

A 自然

A1 季節の詩（春・若葉） …………………… 222
A2 季節の詩（春・花鳥と青春） ……… 222
A3 季節の詩（春・徒労と無常） ……… 222
A4 季節の詩（夏・死者を思う） ……… 222
A5 季節の詩（夏・一般） ………………… 222
A6 季節の詩（秋） ………………………… 222
A7 季節の詩（冬・調理の火） ………… 222
A8 季節の詩（冬・一般） ………………… 222
A9 植物の詩（並木） ……………………… 222
A10 植物の詩（樹木） …………………… 222
A11 植物の詩（リンゴ） ………………… 222
A12 植物の詩（果実） …………………… 222
A13 植物の詩（桜） ……………………… 222
A14 植物の詩（特定の花） ……………… 221
A15 植物の詩（花一般） ………………… 221
A16 植物の詩（草など） ………………… 221
A17 生き物の詩（虫） …………………… 221
A18 生き物の詩（魚介類） ……………… 221
A19 生き物の詩（鳥） …………………… 221
A20 生き物の詩（動物） ………………… 221
A21 気象天文の詩（風） ………………… 221
A22 気象天文の詩（風雨） ……………… 221
A23 気象天文の詩（雲・霧・雪・氷） … 220
A24 気象天文の詩（空・天・虹） ……… 220
A25 気象天文の詩（地球） ……………… 220
A26 気象天文の詩（星） ………………… 220
A27 気象天文の詩（月） ………………… 220
A28 気象天文の詩（太陽） ……………… 220
A29 気象天文の詩（朝） ………………… 220
A30 気象天文の詩（夕方） ……………… 220
A31 気象天文の詩（夜） ………………… 220
A32 自然物の詩（岩） …………………… 220
A33 自然物の詩（石） …………………… 219
A34 自然物の詩（砂） …………………… 219

B 地理

B1 地名の詩 ………………………………… 219
B2 日本各地の詩（北海道・東北） …… 219
B3 日本各地の詩（新宿区） …………… 219
B4 日本各地の詩（東京） ……………… 219
B5 日本各地の詩（関東） ……………… 219
B6 日本各地の詩（中部） ……………… 219
B7 日本各地の詩（関西） ……………… 219
B8 日本各地の詩（中国・四国） ……… 219
B9 海外にかかわる詩（アジア） ……… 219
B10 海外にかかわる詩（欧州） ………… 219
B11 海外にかかわる詩（米国） ………… 218
B12 海外にかかわる詩（旧ソ連） ……… 218
B13 海外にかかわる詩
（アフリカ・中南米） ……………… 218
B14 山の詩 ………………………………… 218
B15 川の詩 ………………………………… 218
B16 湖・沼・池の詩 ……………………… 218
B17 海の詩（特定の海） ………………… 218
B18 海の詩（海一般） …………………… 218

C 感情

C1 恋愛の詩 ………………………………… 218
C2 不倫の詩 ………………………………… 218
C3 出会いと結婚の詩（黒田三郎） …… 218
C4 出会いと結婚の詩（黒田三郎以外）… 218
C5 男女齟齬の詩 …………………………… 217
C6 性欲と女の体の詩 …………………… 217
C7 性交にかかわる詩 …………………… 217
C8 キスの詩 ………………………………… 217
C9 父の詩 …………………………………… 217
C10 母・祖母の詩 ………………………… 217
C11 父母にかかわる詩 …………………… 217
C12 兄弟姉妹の詩 ………………………… 217
C13 故郷の詩 ……………………………… 217
C14 別離の詩 ……………………………… 217
C15 無常の詩 ……………………………… 217
C16 存在と哲学の詩 ……………………… 216
C17 幸福の詩 ……………………………… 216
C18 生きている実感の詩 ………………… 216
C19 挫折・後悔・劣等感の詩 …………… 216
C20 不安と恐怖の詩 ……………………… 216
C21 痛みの詩 ……………………………… 216
C22 喪失感の詩 …………………………… 216
C23 記憶にかかわる詩 …………………… 216
C24 沈黙にかかわる詩 …………………… 216
C25 屈辱と怒りの詩 ……………………… 216

D 社会

D1 戦争の詩（原爆） ……………………… 216
D2 戦争の詩（空襲） ……………………… 215
D3 戦争の詩（南方戦線） ………………… 215
D4 戦争の詩（敗戦後） ………………… 215
D5 革命と抵抗の詩 ………………………… 215
D6 乗り物の詩（船・飛行機） ………… 215
D7 乗り物の詩（自動車など） ………… 215
D8 乗り物の詩（鉄道） ………………… 215

ほ
ぼくが　ここに（まど・みちお）……………29
僕はまるでちがつて（黒田三郎）……………64
母国語（飯島耕一）………………………… 160
ま
前へ（大木実）………………………………36
マクシム（菅原克己）………………………31
貧しい町（石垣りん）………………………88
幻の花（石垣りん）…………………………86
み
見えない木（田村隆一）…………………… 109
見えない季節（牟礼慶子）………………… 150
未確認飛行物体（入沢康夫）……………… 165
水（新川和江）……………………………… 155
水の星（茨木のり子）……………………… 144
水ヲ下サイ（原民喜）………………………15
見附のみどりに（荒川洋治）……………… 197
身上話（富岡多恵子）……………………… 190
美代子、石を投げなさい（荒川洋治）…… 198
身をのり出して → Jに
む
無題 → ナンセンス
むらさきの花（高田敏子）…………………44
め
布良海岸（高田敏子）………………………42
も
もう一つの故郷（崔華國）…………………49
燃える（吉増剛造）………………………… 196
炎える母（宗左近）…………………………73
もつと強く（茨木のり子）………………… 131
もはやそれ以上（黒田三郎）………………63
や
夜学生（木下夕爾）…………………………47
屋根（石垣りん）……………………………82
屋根（大木実）………………………………33
ゆ
夕方の三十分（黒田三郎）…………………67
夕焼け（吉野弘）…………………………… 121
歪ませないように（伊藤比呂美）………… 202
よ
用意（石垣りん）……………………………83
倚りかからず（茨木のり子）……………… 144
41（谷川俊太郎）…………………………… 169
四千の日と夜（田村隆一）………………… 107
ら
洛東江 → ナクトンガン
り
理髪店にて（長谷川龍生）………………… 149
れ
レインコートを失くす（関根弘）…………79
練習問題（阪田寛夫）……………………… 115
ろ
六月（茨木のり子）………………………… 133
62（谷川俊太郎）…………………………… 169
わ
わが母音（飯島耕一）……………………… 159
忘れもの（高田敏子）………………………41
わたしが一番きれいだったとき
（茨木のり子）…………………………… 133
私の前にある鍋とお釜と燃える火と
（石垣りん）………………………………81
わたしを束ねないで（新川和江）………… 151
悪いおっぱい（伊藤比呂美）……………… 206

自分の感受性くらい（茨木のり子）……… 140
囚人（三好豊一郎）……………………… 101
祝婚歌（吉野弘）………………………… 125
主婦の手（高田敏子）………………………42
序（峠三吉）…………………………………58
諸国の天女（永瀬清子）……………………17
新古今集断想（安西均）……………………60
死んだ男（鮎川信夫）………………………92

す

スープの煮えるまで（三木卓）……………… 186

せ

制服（井坂洋子）………………………… 202
静物（吉岡実）………………………………72
生命は → いのちは
世界が私を → 62
石仏（吉野弘）…………………………… 123
洗剤のある風景（石垣りん）………………91

そ

葬式列車（石原吉郎）………………………52
喪失ではなく（吉原幸子）……………… 177
そこにひとつの席が（黒田三郎）…………66
空の青さを → 41
空をかついで（石垣りん）…………………91
それは（黒田三郎）…………………………62

た

凧（中村稔）……………………………… 146
脱走（石原吉郎）……………………………53
他人の空（飯島耕一）…………………… 158
だまして下さい言葉やさしく（永瀬清子）…18

ち

小さいマリの歌（鮎川信夫）………………97
ちいさな遺書（中桐雅夫）…………………75
小さな靴（高田敏子）………………………45
小さな娘が思ったこと（茨木のり子）…… 134
ちひさな群への挨拶（吉本隆明）………… 112
地名論（大岡信）………………………… 162
朝礼（井坂洋子）………………………… 201
鎮魂歌（木原孝一）……………………… 101

つ

月夜（大木実）………………………………35
佃渡しで（吉本隆明）…………………… 114
土へのオード 1（新川和江）…………… 154
妻（大木実）…………………………………37

て

定年（石垣りん）……………………………90
てつがくのライオン（工藤直子）………… 192
伝説（会田綱雄）……………………………37

と

どうかして（川崎洋）…………………… 157
東京へゆくな（谷川雁）………………… 111
峠（真壁仁）…………………………………21
登攀（秋谷豊）…………………………… 104
動物園の珍しい動物（天野忠）……………26
毒虫飼育（黒田喜夫）…………………… 128
鳥（安水稔和）…………………………… 164
永遠のみどり（原民喜）……………………16

な

洛東江［ナクトンガン］（崔華國）…………48
名づけられた葉（新川和江）…………… 153
奈々子に（吉野弘）……………………… 117
無題［ナンセンス］（吉原幸子）………… 176
なんでも一番（関根弘）……………………77

に

虹の足（吉野弘）………………………… 123
二十億光年の孤独（谷川俊太郎）……… 166
日課（中桐雅夫）……………………………76
二度とない人生だから（坂村真民）………23

ね

根府川の海（茨木のり子）……………… 130
ネロ（谷川俊太郎）……………………… 167
念ずれば花ひらく（坂村真民）……………22

の

ののはな（谷川俊太郎）………………… 173

は

ハーケンの歌（秋谷豊）………………… 104
パウロウの鶴（長谷川龍生）…………… 147
はくちょう（川崎洋）…………………… 156
橋（高田敏子）………………………………40
初めての児に（吉野弘）………………… 119
初恋（吉原幸子）………………………… 178
発車（吉原幸子）………………………… 182
花の名（茨木のり子）…………………… 135
花の店（安西均）……………………………60
はる（谷川俊太郎）……………………… 166
晩夏（木下夕爾）……………………………46
パンの話（吉原幸子）…………………… 180

ひ

ひばりのす（木下夕爾）……………………47
碑銘（原民喜）………………………………16
表札（石垣りん）……………………………85

ふ

不安（崔華國）………………………………50
フェルナンデス（石原吉郎）………………57
藤の花（高田敏子）…………………………43
ふゆのさくら（新川和江）……………… 152
ブラザー軒（菅原克己）……………………30

へ

別の名（高田敏子）…………………………43

題名索引

（読者の利便性を考慮し、現代仮名遣いの読み方で配列した）

あ

あーあ（天野忠）……25
愛（谷川俊太郎）……170
あいたくて（工藤直子）……193
I was born（吉野弘）……120
秋の日の午後三時（黒田三郎）……68
あけがたにくる人よ（永瀬清子）……20
あけがたには（藤井貞和）……196
朝（大木実）……34
朝狂って（吉増剛造）……195
朝のリレー（谷川俊太郎）……171
あたらしいいのちに（吉原幸子）……179
ある日ある時（黒田三郎）……72

い

生きる（谷川俊太郎）……172
位置（石原吉郎）……51
居直りりんご（石原吉郎）……56
生命は（吉野弘）……124
いるか（谷川俊太郎）……174

う

歌（新川和江）……153
うたのように 3（大岡信）……161
美しい国（永瀬清子）……18
生ましめんかな（栗原貞子）……32
生れた子に（山本太郎）……116
海（黒田三郎）……69
海（高田敏子）……40
海鳴り（高良留美子）……183

え

永遠のみどり → とわのみどり

お

青梅街道（茨木のり子）……140
おさなご（大木実）……35
男について（滝口雅子）……61
踊りの輪（永瀬清子）……19
おならうた（谷川俊太郎）……175
オンディーヌ I（吉原幸子）……181
女の自尊心にこうして勝つ（関根弘）……78

か

会社の人事（中桐雅夫）……76
鏡（高野喜久雄）……147
賭け（黒田三郎）……64
崖（石垣りん）……87
かっぱ（谷川俊太郎）……173
かなしみ（谷川俊太郎）……165
神の兵士（鮎川信夫）……99
紙風船（黒田三郎）……69
鴨（会田綱雄）……39
仮繃帯所にて（峠三吉）……58

き

木（高良留美子）……183
木（田村隆一）……110
儀式（石垣りん）……89
傷（青木はるみ）……184
きっと便器なんだろう（伊藤比呂美）……204
帰途（田村隆一）……108
木のあいさつ（石原吉郎）……56
木の実（茨木のり子）……142
君はかわいいと（安水稔和）……163
客人来たりぬ（三木卓）……187
橋上の人（鮎川信夫）……95
ギラギラノ破片ヤ（原民喜）……14

く

空想のゲリラ（黒田喜夫）……126
汲む（茨木のり子）……138
くらし（石垣りん）……86
クレバスに消えた女性隊員（秋谷豊）……105

け

系図（三木卓）……189
繋船ホテルの朝の歌（鮎川信夫）……93

こ

幸福が遠すぎたら（寺山修司）……194
極楽（天野忠）……28
答（茨木のり子）……143
この部屋を出てゆく（関根弘）……80
独楽（高野喜久雄）……146
米（天野忠）……25
コレガ人間ナノデス（原民喜）……14

さ

作品考（崔華國）……49
さようなら（谷川俊太郎）……175
猿蟹合戦（大木実）……34
散歩の唄（山本太郎）……116

し

Ｊに（吉原幸子）……180
シジミ（石垣りん）……84
しずかな夫婦（天野忠）……26
自転車にのるクラリモンド（石原吉郎）……55
死のなかに（黒田三郎）……70
芝生（谷川俊太郎）……174

作者名索引

あ

会田綱雄 37
青木はるみ 184
秋谷豊 104
天野忠 24
鮎川信夫 92
荒川洋治 197
安西均 60

い

飯島耕一 158
井坂洋子 201
石垣りん 81
石原吉郎 51
伊藤比呂美 202
茨木のり子 130
入沢康夫 165

お

大岡信 161
大木実 33

か

川崎洋 156

き

木下夕爾 46
木原孝一 101

く

工藤直子 192
栗原貞子 32
黒田喜夫 126
黒田三郎 62

こ

高良留美子 183

さ

崔華國 48
阪田寛夫 115
坂村真民 22

し

新川和江 151

す

菅原克己 30

せ

関根弘 77

そ

宗左近 73

た

高田敏子 40
高野喜久雄 146
滝口雅子 61
谷川雁 111
谷川俊太郎 165
田村隆一 107

て

寺山修司 194

と

峠三吉 58
富岡多恵子 190

な

中桐雅夫 75
永瀬清子 16
中村稔 146

は

長谷川龍生 147
原民喜 14

ふ

藤井貞和 196

ま

真壁仁 21
まど・みちお 29

み

三木卓 186
三好豊一郎 101

む

牟礼慶子 150

や

安水稔和 163
山本太郎 116

よ

吉岡実 72
吉野弘 117

※崔華國氏、安水稔和氏の著作権継承者と
連絡がとれていません。
連絡先をご存知の方は、小社にご一報ください。
※本書で紹介された作品のなかには、
今日の観点から見ると差別的な表現が
用いられているものが幾つかあります。
これらの差別的表現につきましては、
それぞれの作品が成立した時代の社会状況、
また各作品の文学的な価値を鑑み、
原文そのままといたしました。
差別を助長する意図がないことを
読者のみなさまに
ご理解いただけましたら幸いです。

（編集部）

編著者紹介

西原大輔（にしはら・だいすけ）

1967（昭和42）年東京生まれ。
筑波大学、東京大学大学院に学ぶ。シンガポール国立大学、駿河台大学、広島大学を経て、現在東京外国語大学教授。詩人。

著書　『谷崎潤一郎とオリエンタリズム』中央公論新社、2003年
　　　『橋本関雪』ミネルヴァ書房、2007年
　　　『日本名詩選1・2・3』笠間書院、2015年
　　　『日本人のシンガポール体験』人文書院、2017年
　　　『室町時代の日明外交と能狂言』笠間書院、2021年
　　　『一冊で読む 日本の近代詩500』笠間書院、2023年
　　　『近代日本文学・美術と植民地』七月堂、2023年

詩集　『本詩取り』七月堂、2018年、ほか計7冊。

編集協力 — 笹浪真理子
ブックデザイン — 天池 聖（drnco.）
カバー装画 — ばったん
本文組版 — STELLA
印刷／製本 — 平河工業社

一冊で読む日本の現代詩200

2024年10月5日　初版第1刷発行

編著者　**西原大輔**
発行者　池田圭子
発行所　笠間書院
〒101-0064
東京都千代田区神田猿楽町2-2-3
電　話　03-3295-1331　FAX03-3294-0996

ISBN 978-4-305-71022-2

JASRAC 出 2406034-401

https://kasamashoin.jp